강준현 장편 소설

FUSION FANTASTIC STORY

개척자

Pioneer

개척자 5

강준현 장편 소설

초판 1쇄 찍은 날 § 2015년 4월 15일
초판 1쇄 펴낸 날 § 2015년 4월 22일

지은이 § 강준현
펴낸이 § 서경석

편집부장 § 권태완
편집책임 § 박용서

펴낸곳 § 도서출판 청어람
등록번호 § 제387-1999-000006호
등록일자 § 1999. 5. 31
어람번호 § 제1-2105호

주소 § 경기도 부천시 원미구 부일로 483번길 40 서경B/D 3F (우) 420-822
전화 § 032-656-4452   팩스 § 032-656-4453
http://www.chungeoram.com
E-mail § chungeorambook@daum.net

ISBN 979-11-04-90204-8 04810
ISBN 979-11-04-90076-1 (세트)

강준현 장편 소설

FUSION FANTASTIC STORY

개척자

5

Pioneer

개척자

Pioneer

CONTENTS

1장

가상현실 체험 프로그램

섬광과 폭발음이 들리는 순간 슈트의 마스크를 들어 올리며
준영이 외쳤다.

  "누나도 봤죠! 저 망할 자식이 폭발물을 준비할 거라고 내가
그랬잖아요."

  준영이 있는 곳은 성심기계의 사장실이었다.

  슈트를 이용해 똑같이 생긴 인조인간을 연결시켜 조종하고
있었던 것이다.

  철무한에게 폭발물 테러를 받은 준영이지만 얼굴은 웃고 있
었고 목소리는 잔뜩 들떠 있었다.

  "알았으니까 얼른 좌측 세 번째 방으로 옮겨. 사람들 몰려오
고 있어."

"참!"

준영은 마스크를 다시 내렸고 순간 인조인간과 동기화되었다.

"멋진 선물이군."

화려하던 방은 완전히 폐허 상태였다. 화력이 얼마나 강했는지 좌우 방의 벽도 손상되어 있었다.

인조인간의 몰골도 말이 아니었다. 옷과 피부가 새까맣게 타서 반쯤 썩은 좀비처럼 보였다.

주위를 훑던 준영은 더 이상 미적거릴 여유가 없었기에 일단 천(天)의 지시대로 비어 있는 옆방으로 옮겼다. 그리고 벽을 뚫고 세 번째 방으로 이동했다.

경호원으로 따라왔던 인조인간이 들고 있던 옷 가방을 열자 예비로 들고 왔던 인공 피부가 나왔다.

몸에 덕지덕지 붙어 있는 단백질 덩어리들을 떼어낸 후 세 로봇은 서로를 도와가며 인조 피부를 입었고, 다른 가방에서 망가지지 않은 적당한 옷을 갈아입고 문밖으로 나가 웅성거리는 사람들에게 합류했다.

'누나, 이 인조인간 권한 좀 받아줘요.'

자신의 움직임과 상관없이 움직이는 걸 확인한 준영은 인조인간과의 연결을 끊고 슈트에서 빠져나왔다.

벌거벗은 채 슈트에서 나와 옷을 입는 준영의 모습은 방금 폭탄 테러를 당한 사람치고는 너무 즐거워 보였다.

비록 당한 것이 자신의 몸이 아니었다고는 하지만 자신을 향한 명백한 공격이었음에도 불구하고 말이다.

그에 천(天)은 인상을 쓰면서 말했다.

"아무리 예상이 맞았다고 하지만 너무 기뻐하는 거 아냐? 네 목숨을 노린 일이잖아."

진호천의 경고를 받은 준영은 철무한이 어떤 식으로 공격해 올지 천(天)과 얘기를 한 적이 있었다.

그때 준영이 생각한 것이 폭발물 테러였다.

천(天)의 얘기를 들은 준영은 그녀의 말처럼 기뻐할 일이 아니었음에도 자신이 무척 기뻐하고 있음을 알 수 있었다.

이유를 생각해 보았다. 그리고 이유를 알게 된 준영은 얼굴을 찌푸렸다.

예상이 맞은 것에 대한 기쁨이 아니었다.

철무한의 행동에 '나와 비슷한 인간이 있구나' 라는 묘한 동질감을 느껴 기뻐하고 있었던 것이다.

스스로에 대한 소름이 돋았다.

"당장 철무한, 그 자식을 죽여 버리겠어!"

자신은 얼음처럼 차가운데 화가 난 건 오히려 천(天)이었다.

"워~워~ 왜 누나가 흥분해요?"

"흥분 안 하게 됐니? 명. 백. 히. 널 노렸다고."

"알아요. 하지만 당장 놈을 죽이면 어떻게 되겠어요? 내가 살아 있으니 의심을 받을 수밖에 없잖아요. 그럼 중국에서 가만히 있을 리가 없죠. 정부를 압박해서라도 내 신병을 확보하려고 할 거예요. 그런 피곤한 짓을 왜 해요. 다른 방법도 많은데……."

"놈처럼 폭탄 한 방 먹여주면 돼."

"핵폭탄이라도 떨어뜨리려고요?"

"……."

농담으로 한 말이었는데 팔짱을 낀 채 새침한 표정으로 고개를 돌리는 모양이 정말 핵폭탄을 떨어뜨릴 생각이었나 보다.

"화 풀어요. 그리고 나한테 생각이 있으니까 걱정하지 말고요. 한데 정말 핵폭탄을 누나가 마음대로 조종할 수 있어요?"

옷을 입고 천(天)을 살짝 토닥여 준 준영은 화제를 전환시키려고 물었다.

"몇 개는."

"주요 군사시설은 독립형 아니에요? 네트워크로 연결되지도 않았는데 어떻게 가능하죠?"

"네트워크에 연결되게 만들면 되지."

말을 하면서 천(天)은 옷을 벗기 시작했다. 물론 속옷까지 홀홀 벗는 건 아니었다.

와이셔츠를 벗자 매끈한 속살이 나왔는데 배꼽 있는 곳을 누르자 배 부근이 미닫이문처럼 열렸다.

그리고 복부의 여유 공간에서 원통형의 작은 물건을 꺼냈다.

"…내장이 냉장고야?"

"휴우~ 너의 유머 감각은 정말 발전이 없구나."

어색함에 한마디 했다가 본전도 찾지 못한 준영은 천(天)이 건네는 물건을 받아들고 요리조리 살펴보았다.

담배처럼 생긴 원통형의 물건 안에는 새끼손톱보다 작은 것들이 색깔별로 층을 지어 들어 있었다.

"이게 뭐야?"

준영은 물으면서 뚜껑을 열고 책상 위에 쏟았다.

바닥에 떨어진 동그란 작은 알맹이들은 갑자기 얇은 다리가 나타나며 움직이기 시작했다.

"거미?"

"응, 짙은 녹색이 금속을 녹이는 역할이고 검은색이 무선 네트워크 칩이야."

천(天)이 말하는 사이 거미 두 마리가 컴퓨터로 가서 작업 중이었는데 가까이 다가간 준영은 거미들이 하는 양을 지켜보았다.

녹색 거미가 살짝 앉았다 일어나 옆으로 비키자 금속으로 된 컴퓨터가 미세한 연기와 함께 녹기 시작했고 딱 한 마리가 들어갈 정도로 잘려 나갔다.

"구멍이 작아도 이 정도면 들킬 수 있을 것 같은데요?"

"지켜봐."

천(天)의 말이 끝나기가 무섭게 검은색 거미가 안으로 들어간 뒤 녹색 거미는 구멍을 막더니 컴퓨터의 철판처럼 색깔이 바뀌었다.

"헐! 감쪽같네요. 공항의 검색대도 이걸로 통과한 거군요? 어떻게 통과했을까 궁금했었는데……."

"독립형 장치들을 해킹 할 수 없어서 개발한 거야. 인조인간들이 근처에 가서 뿌리기만 하면 알아서 장치에 들어가서 부착돼 인조인간과 통신이 가능해져."

거미를 보고 놀란 만큼 천(天)의 돌발 행동이 불안해지기 시작했다.

조금 전만 하더라도 단 한 사람을 죽이기 위해서 핵폭탄이라도 떨어뜨리겠다는 그 생각이 정상적으로는 보이지 않았다.

표정에 생각이 드러나서일까. 천(天)은 걱정 말라는 듯 말을 이었다.

"한국을 네 말처럼 바꾸려는 거지, 세계를 파괴할 생각은 없어."

"…정말이요?"

"응, 만일 내가 세계를 파괴하려고 한다면 얼마나 걸릴 것 같아? 사실은 안 하는 게 아니라 못 하는 거야."

천(天)이 하는 말의 의미를 알았다.

절대 명령.

하긴 자신이 인공지능을 만들었더라도 만들기 전에 안전장치부터 만들었을 것이다.

완전히 안심이 되진 않았지만 천(天)이 막 나가겠다고 한다면 말릴 재간이 없었으니 믿을 수밖에 없었다.

"참, 지난번에 네가 지시했던 일은 다 됐어. 스무 개의 소기업을 구매한 뒤 기술을 적용하고 있어."

"천천히 하라니까요. 어차피 본격적인 일은 내년부터 시작할 거예요. 그러니 올 11월쯤에나 새로운 기술이 적용된 상품을 내놓아야 해요. 너무 빠르면 안 돼요."

"괜히 서둘렀네. 다른 할 일은?"

천(天)은 일 중독자였다.

물론 천(天)이 일을 멈춘다면 자신으로서는 하루도 버티지 못할 게 뻔했지만 말이다.

"그럼 상사로서 명령을 내리도록 하죠. 이번 건만 처리하고 쇼핑을 하든, 놀러 다니든 해요. 내년부터는 쉴 시간을 달라고 해도 못 줘요."

"그럴게."

"좋아요. 명천소프트가 팔고 있는 어댑터는 어느 정도 팔렸죠?"

"중국 대부분의 게임업체, 그리고 동남아시아 일부 회사에 팔려서 사용되고 있어."

특허권을 잘 지키는 나라의 업체들은 명백한 카피본에 불과한 명천소프트의 어댑터를 쓸 수가 없었다.

"카피본을 사용하는 앱 게임 업체 중 한 곳의 서버를 완전히 망가뜨려 주세요."

"쉬운 일이야. 한데 한 곳만?"

"네, 가급적이면 하드웨어까지 깡그리 망가지게 해주세요. 그리고 이틀 뒤에 또 한 곳. 그다음엔 사흘에 한 곳씩만 해주시면 돼요."

"무슨 말인지 이해했어. 설마 이 순간을 노리고 참고 있었던 거야?"

"아뇨, 본래 그냥 중국 시장은 포기할 생각이었어요."

가상현실 속에서 벌였던 일 때문인지 능령과 싸우고 싶지 않았다.

"한데 왜 생각이 바뀐 거야?"

"가만히 있다고 그들이 날 내버려 둘 것 같지 않아서요. 공격할 걸 뻔히 알고 있는데 멍청하게 당하고 있을 순 없잖아요. 안 그래요?"

"그야 당연하지."

"그리고 이왕 시작한 일이라면 뿌리까지 뽑아버려야죠. 게다가 재미있는 상대이기도 하고요."

단호하게 말하며 씨익 웃는 준영에게서 얼마 전까지 갈팡질팡하던 모습은 찾아볼 수가 없었다.

"아! 대지 형은 잘하고 있어요?"

"경찰, 검찰과 연관된 조직들이 대부분이라 좀 힘든가 봐. 서른 명으로 늘어났던 조직원 중 다섯이나 경찰에 들어갔나 봐."

"헐, 어쩌다가요?"

"영화와 현실이 다르다는 걸 몰랐던 거야. 영화에서 보면 조직 대 조직의 싸움이 일어나면 서로 죽자 살자 싸우는 반면 현실에선 공격한 조직과 원만하게 대화로 해결하려고 해. 그러다 안 되면 경찰에 신고를 하는 거지. 그런 다음에 검찰에 연락해 공격한 조직을 와해시키려고 들어."

"에에?"

"물론 뒤로는 여전히 살수를 보내 뒤통수치는 일도 하지만 전면전은 하지 않아."

준영도 몰랐던 일이었다.

그저 조폭 하면 서로 칼을 들고 죽을 때까지 싸우다가 한쪽이 지면 승자가 진 쪽의 영역까지 먹는 줄 알고 있었다.

한데 '쟤가 우리를 때렸어요. 법으로 해결해 주세요' 할 줄은 정말 몰랐다.

짧은 머리에 큰 덩치의 사내가 경찰서로 달려가 맞았다고 징징대는 모습을 상상하던 준영은 끔찍한 것이라도 본 양 몸을 부르르 떨었다.

"그래서 어떻게 하고 있어요?"

"종로 일대만 잡고 있어. 돌파구를 마련하려는 모양인데 쉽지 않은 모양이야."

"마음대로 되지 않으니 대지 형이 길길이 날뛰고 있겠군요."

"응, 한데 어떻게 알았어?"

"손가락 하나로 모든 걸 마음대로 하던 대지 형이 이러지도 저러지도 못하면 짜증 낼 것은 불 보듯 빤한 일이죠. 어쩔 수 없죠. 밤 세계를 통일하는 것도 내년으로 미뤄야겠네요."

"그렇게 전해줄게."

그런데 지(地)와 대화를 하던 천(天)이 인상을 쓰는 걸 보니 말이 통하지 않는 모양이었다.

성심미디어 사무실처럼 한쪽 벽에 영상통화를 할 수 있게 프로젝션을 준비해 뒀는데, 그 프로젝션에 빛이 나오며 잔뜩 화가 나 있는 지(地)의 얼굴이 나왔다.

"안녕, 형."

—내가 안녕한 것처럼 보이냐?

"왜 그리 화가 난 거야?"

—도대체 내년엔 가능한 일이 올해는 왜 안 된다는 건데?

인사할 기분이 아닌지 단도직입적으로 물어왔다.

"일단 권력부터 잡아야 하거든."

—그럼 서둘러서 올해 잡아! 깡패라는 놈들이 경찰에 쪼르르

달려가는 꼴이라니…….

"하하하! 그것 때문에 짜증이 났구나?"

—그래, 아주 죽을 지경이다. 당장에라도 다 때려 부수고 싶은

데 그러면 나까지 경찰서에 갈까 봐 겨우 참고 있어. 그런데 해결

책은커녕 내년까지 쉬고 있으라니 화가 안 나게 생겼냐?

"음, 그럼 스트레스 풀 정도의 해결책만 제시한다면 내년까

지 기다릴 거야?"

—스트레스만 풀 수 있다면…….

"DDR이 생각보다 팔리지 않을 때를 대비해 내가 말해줬던

거 있었잖아?"

—응, 에이이치 히데오의 재산을 가로챌 때 사용한 방법 말이

지? 네가 멈추라고 해서 안 하고 있었지.

"해도 좋아. 대신 두셋 정도만 이용해서 강도나 도둑으로 위

장하는 게 좋겠지."

—음, 괜찮은 생각이네.

"얼굴이야 얼마든지 바꿀 수 있으니까 들킬 염려도 없잖아?

그러니 마음껏 즐겨."

준영이 말하고 있는 것은 헤드셋과 DDR을 만들다가 우연히 생각해 낸 가상현실 체험 프로그램이었다.

헤드셋을 씌워 강제로 가상현실로 접속하게 만들어 현실인지 가상현실인지 모르는 상태에서 모든 걸 실토하게 만들 수 있었는데 지(地)가 에이이치 히데오가 되어 그의 재산을 마음대로 할 수 있게 된 것도 다 이 프로그램 때문이었다.

─오케이! 좋은 걸 털게 되면 선물로 보내줄게. 누나 것도 보내드릴게요.

지(地)는 스트레스 풀 생각에 기분이 좋아졌는지 손까지 흔들며 작별 인사를 했다.

지(地)와 대화를 끝낸 준영은 외출 준비를 했다.

내년부터 본격적으로 시작될 계획이었지만 그동안 준영이 쉴 시간은 없었다.

*   *   *

임태한은 부산 출신으로 고등학교를 졸업하기 전부터 조직에 들어가 이십 년을 고생한 끝에 부산의 한 지역을 차지하게 되었고, 다시 십여 년 노력한 끝에 서울의 노른자라고 하는 강남을 손에 넣은 인물이었다.

일본 야쿠자를 등에 업고 있어서 가능한 일이었지만 그가

구축한 인맥 또한 한몫을 했다.

경찰, 검찰, 국회의원들 중 그의 돈을 받지 않는 사람이 드물 정도로 매년 수십억에서 수백억 원을 뿌리고 있었다.

이미 부산에 있을 때부터 양지로 나오는 작업을 해서 이제는 사업가로 더 알려진 그였지만 여전히 음지에선 포르노 영상 사업, 매춘, 마약, 고리대금 등 온갖 범죄들을 뒤에서 조종하고 있었다.

"회장님! 회장님!"

수하 중 한 명이 다급하게 그를 부르며 몸을 흔들어 깨웠다.

"……."

침대에서 일어난 임태한은 심각한 표정으로 연신 자신을 부르는 수하들을 보면서도 이유를 묻거나, 호통을 치지 않고 다소 멍한 표정이었다.

'꿈이었나?'

조금 전까지 이상한 세 놈이 자신의 집으로 쳐들어와 수하들을 때려눕히고 자신을 놀리며 킥킥거리고 있었다. 게다가 난생처음 맞아보는 돌주먹에 맞아 기절을 했었는데 눈을 떠 보니 현 상황이었다.

집에 있는 수하들만 십여 명이 넘었는데 고작 천둥벌거숭이 같은 세 명에게 당했을 리 없다는 생각과 방금 전의 일임에도 빠르게 희미해져 가는 듯한 기분에 역시나 꿈이라고 치부할 수밖에 없었다.

정신을 차린 임태한은 연신 자신을 부르는 수하들에게 소리쳤다.

"무슨 일인데 이 시간에 날 깨운 거지!"

"빠, 빨리 피하셔야 할 것 같습니다. 거, 검찰에서 회장님을 노리고 출발했다는 전화가 왔습니다."

"이 시간에 검찰이?"

검찰도 공무원이었다. 새벽 2시에 들이닥치는 경우는 특별한 경우를 제외하곤 없었다.

"예! 뭐라더라? 아! 사건을 덮으려면 희생양이 필요하다고 했습니다."

임태한은 머리 회전이 빨랐다. 그가 지금까지 살아 있는 이유였고, 강남 일대를 차지하게 된 비결이었다.

'검찰이 이렇게까지 움직일 정도라면… 설마! 아무리 레임덕이 있었다고 해도…….'

수하의 말에 임태한은 빠르게 머리를 굴려 이유를 찾고 결론을 내렸다.

"넌 당장 차를 준비해! 그리고 넌 날 따라오고."

"예! 알겠습니다."

일단은 피해야 했다. 그리고 난 뒤 분위기를 봐서 외국으로 가든지, 아님 치부책을 이용해서라도 이 위기를 벗어나야 했다.

임태한은 대충 옷을 입고 가장 먼저 바닥의 카펫을 치웠다. 그리고 바닥의 한 부분을 만지자 바닥이 옆으로 밀리며 비밀 금고가 보였다. 본래 혼자만 아는 곳이었지만 지금은 그런 걸 따질 시간이 없었다.

"가방!"

"준비했습니다."

뒤따라온 수하를 흘깃 바라보자 그의 손에는 어느새 커다란 가방이 들려 있었다.

평소라면 눈치 빠른 수하를 칭찬했겠지만 지금은 그럴 시간이 없었다.

비밀번호를 눌러 금고를 열고 안에 있는 돈과 서류들을 닥치는 대로 챙겼다.

"금이 있었는데?"

뭔가 조금 이상했다. 자신이 넣어둔 것들과 조금 다른 것 같았다.

"회, 회장님! 감시를 나갔던 녀석으로부터 그들이 3분 거리에 도착했다고 연락이 왔습니다!"

"빌어먹을!"

상황이 생각보다 좋지 않았다. 그리고 금고를 다시 보자 골드바가 보였기에 더 이상 생각을 하지 못하고 다시 가방에 넣었다.

금고의 물건을 모두 챙긴 임태한은 빠르게 정원을 지나 시동이 걸린 차로 향했다.

"임태한이 도망간다!"

막 차를 타려는 순간 번개처럼 뛰어오는 형사들이 보였다.

바로 뒤따라온 수하에게 가방을 받으려는 찰나, 형사들이 수하를 덮쳤다.

"회장님! 더 지체하면 회장님이 위험합니다! 당장 출발해!"

부아아아아앙!

수하의 말에 운전자는 액셀을 밟았고 차는 문이 열린 채 빠르게 앞으로 나아갔다.

"가, 가방을……."

임태한은 뒤를 돌아보며 돈 가방을 든 채 체포되고 있는 수하를 망연자실 쳐다볼 뿐이었다.

"회장님! 돈이야 얼마든지 구할 수 있잖습니까. 일단은 몸을 피하는 게 우선입니다."

틀린 말은 아니었다. 일단 피신을 하는 게 우선이었다.

열린 차 문을 닫고 눈을 감으며 등받이에 등을 기댔다. 이미 빼앗긴 돈보다는 생각을 정리할 시간이 필요했다.

하지만 검찰에서 단단히 벼르고 왔는지 임태한은 생각할 시간이 없었다.

쾅! 끼이이익!

그는 뒤에서 느껴지는 엄청난 충격과 함께 머리를 앞좌석에 강하게 부딪히며 정신을 잃었다.

"회장님, 식사하십시오."

"…고맙다."

"별말씀을 다 하십니다. 그리고 밖에 나간 김에 부산 쪽으로 연락을 해봤습니다만……."

"됐다. 어차피 외국으로 가는 건 포기했다."

"…죄송합니다."

"네가 죄송할 게 무어냐."

임태한은 고개를 숙인 채 죄스러워하고 있는 수하를 애정 어린 눈으로 바라보며 어깨를 토닥였다.

사람은 위기에 처하면 본성이 나타난다고 했던가.

자신이 어려움에 처하자 지금까지 입안의 사탕처럼 굴던 놈들은 모조리 배신을 했고, 돈을 먹였던 놈들은 나 몰라라 하고 있었다.

그런데 유일하게 눈앞에 있는 수하만은 달랐다.

탈출할 때부터 지금까지 위기의 순간이 몇 번 있었는데 그때마다 몸을 아끼지 않고 자신을 보필하고 있었다.

차에서 정신을 잃고 깨어난 곳은 경기도 성남에 있는 내연녀의 아파트였다.

무사히 탈출했다는 안도감도 잠시, 검찰이 빠르게 수사망을 좁혀왔기에 도피 자금을 마련하기 위해 차명 계좌에 든 돈을 찾으려 했다.

하지만 찾으려던 차명 계좌는 물론 해외에 숨겨둔 비자금까지 완전히 막혀 있었다.

게다가 삼십 년을 넘게 조폭 생활을 하며 여기저기에 돈을 분산시켜 뒀는데 그것들마저 검찰에 걸렸다.

알고 보니 변호사와 자신을 믿고 따르던 조직원들의 배신 때문이었다.

그래서 거의 맨몸이다시피 도망 다니고 있는데 그 힘든 길을 묵묵히 따라와 준 수하에게 정이 갈 수밖에 없었다.

임태한은 수하가 사 온 설렁탕을 먹으면서 도망자답지 않게 눈을 빛내고 있었다.

'배신자인 너희들만은 용서하지 못한다.'

변호사는 물론이고 그의 오른팔이라고 여기던 조직의 2인자도 모르는 돈과 조직이 그에겐 있었다.

최후를 위해 준비해 둔 한 수지만 지금이 바로 그 최후의 순간이었다.

"이리 와보거라."

식사를 마친 임태한은 숟가락을 놓자마자 창문 밖을 살피고 있는 수하를 불렀다.

"말씀하십시오, 회장님."

"이제부터 내가 하는 말 잘 들어라. 이런 경우를 위해 최후의 수단으로 돈과 소수 정예의 조직을 준비해 두었다."

"아! 그렇습니까?"

"그래서 너에게 부탁이 있다."

"부탁이라뇨. 명령을 내려주십시오, 회장님."

"아니다. 어차피 더 이상 도망 다니기는 힘들 것 같으니 난 검찰로 갈 생각이다."

"말도 안 됩니다! 회장님이 들어가시면 누가 조직을 건사하겠습니까? 조금만 기다리시면……."

임태한은 손을 들어 분한 표정으로 외치는 수하의 말을 막았다.

"내가 나올 때까지 조직을 건사하는 건 네가 해주어야겠다."

"네……?"

"내가 일러주는 곳으로 가 돈을 찾은 뒤 키워둔 조직을 이끌어 배신자를 처단해라. 그리고 구포삼거리파의 명맥을 이어주기 바란다. 그게 너에게 부탁하고자 하는 것이다."

"회장님! 제가 어찌……!"

"널 믿겠다. 내가 검찰 조사를 받고 나올 때까지 지켜만 준다면 널 다음 후계자로 삼을 것이다."

놀라고 당황한 얼굴이 되어 입만 벙긋거리는 수하의 어깨를 강하게 토닥거려 준 후 임태한은 돈의 위치와 조직과 접선하는 방법을 알려주었다.

그리고 마지막으로 당부의 말을 잊지 않았다.

"최대한 몸을 사리면서 배신자들을 처단해야 할 것이다. 혼자의 몸이지만 혼자가 아님을 잊지 말아라."

"예! 회장님."

"난 오늘 이곳에서 쉬고 내일 검찰로 갈 테니 넌 이만 떠나도록 해라."

임태한이 고개를 돌리며 가라는 손짓을 했기에 수하는 어쩔 수 없다는 듯 일어나 마지막으로 고개를 숙인 후 떠나려 했다.

문득 임태한은 수하의 이름을 아직까지 모르고 있음을 깨달았다.

"이제 늙긴 늙었나 보군. 네 이름이 갑자기 기억나지 않는구나. 이름이 무엇이냐?"

"…한숨 자고 나면 눈앞에 제 이름이 보일 겁니다."

"응? 그게 무슨……!'

마치 자신을 비웃는 것처럼 한쪽 입꼬리만 올리고 웃고 있는 수하의 얼굴을 보던 임태한은 갑자기 눈앞이 흐려지며 잠이 쏟아짐을 느꼈다.

그리고 그대로 쓰러져 잠이 들었다.

신음 소리, 벽을 무언가로 때리는 듯 쿵쿵대는 소리, 그리고 바닥이 흔들리는 느낌에 임태한은 잠에서 깼다.

눈을 뜨자마자 천장에 '홍길동' 이라 적힌 글이 보였다.

"도대체 이게……?'

그리고 주위를 둘러보다 현재 있는 곳이 자신의 침실임을 알고는 멍하게 중얼거렸다.

머리가 헝클어진 실타래처럼 복잡했다.

하지만 생각은 길게 이어지지 않았다. 침대가 다시 흔들렸고 잠결에 듣던 소리가 들려왔기 때문이었다.

"욱! 우욱! 우욱!'

쿵쿵!

임태한의 시선이 침대 아래로 향했고 곧 소리의 정체를 알 수 있었다.

입에 재갈이 물리고 손발이 테이프로 꽁꽁 묶인 수하 둘이 침대를 머리로 박고 있었다.

자신을 깨우기 위해 한 행동임을 알게 된 임태한은 둘의 재갈을 먼저 풀어주었다.

"검찰은? 왜 내가 집에 있는 거지? 너희 둘은 왜 그러고 있는 거냐?"

"…회, 회장님, 죄, 죄송한데 무, 물 좀……."

자신의 질문에 답은 하지 않고 물부터 찾는 수하의 얼굴을 발로 밟아버리고 싶었지만 몰골을 보고는 차마 그럴 수가 없었다.

며칠 굶은 사람처럼 얼굴이 홀쭉했고 입술은 바싹 말라 있었다. 그뿐만이 아니었다. 그들의 몸에는 끔찍할 정도로 똥 냄새가 났다.

"우욱! 웩!"

임태한은 구토를 할 수밖에 없었다.

구토를 끝냈지만 임태한은 냄새를 참지 못하고 침대에서 일어나 거실로 나왔다.

하지만 거실도 안방과 다를 바가 없었다.

자신을 보며 눈물을 흘리며 좋아하는 수하들의 하체를 보던 임태한은 다시 한 번 토해야 했다.

아수라장 같은 거실을 나와 밖에서 신선한 공기를 마시던 임태한은 어떻게 돌아가는지는 알아야겠다고 생각했는지 다시 안으로 들어갔다.

냉장고 옆에 있는 수하들을 치우고 냉장고 문을 열어 물을 꺼내 한 명 한 명에게 물을 준 후에 방에 있던 수하에게 물었다.

"어찌 된 일이지?"

"그, 그게 삼 일 전 강도가 들어서……."

"삼 일 전에 강도가 들었다고? 그게 무슨… 계속 말해라."

강도가 든 것이 꿈이 아니라 실제였다는 사실에 또다시 머리가 복잡해졌지만 일단 듣는 게 우선이라고 생각한 임태한은 더 이상 말을 끊지 않고 수하의 말을 들었다.

"…저희를 이렇게 묶어놓고 회장님을 침대에 눕혔습니다. 그리고 회장님 머리에 헤드셋을 씌웠습니다. 그다음부터는 저희도 기절했다 깨어났다를 반복해서 잘 모르겠습니다."

"제가 정신을 차렸을 때 본 것이 있습니다. 갑자기 카펫을 치우고 뭔가를 찾는 것 같았습니다."

수하들의 말을 듣던 임태한의 머릿속 실타래가 하나둘 풀리더니 바닥의 금고 얘기가 나오자마자 모두 풀렸다.

"으득! 홍길동!"

이를 갈며 천장에 적혀 있던 이름을 중얼거린 임태한은 카펫을 치우고 금고를 열었다.

텅 빈 금고.

하지만 그게 끝이 아니었다.

숨겨둔 비자금은 변호사에게 전화를 해 다른 계좌로 옮겨 버렸고, 심지어 조직의 공금까지 홀라당 가져가 버린 것이었다.

─회장님께서 직접 오셔서 가져가셨습니다.

"그, 그럴 리가 없어! 난 삼 일간 강도 놈들 때문에 집에서 움직이지도 못한 채 잡혀 있었단 말이다!"

─다른 사람들도 모두 봤습니다. 전무님도 회장님이 공금을

꺼내실 때 옆에 있었습니다. 지금 여기 있으니 바꿔 드리겠습니다.

조직의 오른팔인 김 전무의 말도 변호사와 일치했다.

전화를 끊은 임태한은 정원 한쪽에 있던 의자에 털썩 주저앉았다.

최후의 보루로 한적한 시골에 묻어둔 돈이 있었는데 어떻게 되었는지 보지 않아도 알 수 있을 것 같았다.

삼 일간 굶어 배가 연신 꼬르륵거리는 소리를 냈지만 뭐가 어떻게 돌아가는지 이해할 수가 없는 그는 망연자실 흘러가는 구름만 볼 뿐이었다.

2장

사랑은 손익을 논할 수 없다

"이거 불편하네요."

슈트가 아닌 고글을 통해 인조인간을 움직이는 건 생각보다 쉽지 않았다.

평면적으로 보이는 시력과 분산되는 정신 때문에 집중력이 조금만 흐트러져도 손과 발이 엇박자로 움직였다.

"익숙해지면 괜찮을 거야."

천(天)은 대수롭지 않게 말했지만 결코 익숙해질 것 같지 않았다.

"화면을 약간 뒤에서 보는 것처럼 할 수 있어요?"

"어렵지 않아. 실제로 인조인간들의 시선은 거의 270도를 봐. 거기에 지나간 화면을 합성하면 충분해."

"그럼 그렇게 해줘요."

말이 끝나기가 무섭게 화면은 게임 화면처럼 바뀌었고 어색하게 걷고 있는 인조인간이 보였다.

어색한 부분이 보이자 머릿속에서 어떻게 걸어야 똑바로 걸을지에 대해 생각하게 되었고 금세 인조인간에게 적용이 되었다.

"마치 게임을 하는 것 같네."

마음에 들었다.

캐릭터가 된 인조인간을 조종해 결혼식장으로 향했다.

폭파 사건 이후에 호텔에서 나온 준영은 능령의 말처럼 한국으로 갈까 하다가 결혼식에 참석해 철무한을 놀라게 해줄 생각으로 다른 호텔로 가서 하룻밤을 묵었다.

"왜 이렇게 조용해?"

결혼식장엔 사람들이 별로 없었고 있는 사람들도 어디론가 전화를 걸고 있었다.

혹시 너무 빨리 왔나 싶어 시계를 확인해 보았지만 결혼식 시작 40분 전이었다.

"실례합니다. 오늘 이곳에서 하기로 되어 있던 결혼식은······."

준영은 마침 지나가는 호텔 종업원에게 결혼식에 대해 물으려고 했다. 한데 호텔 종업원은 이미 여러 번 들은 질문이었는지 말이 끝나기도 전에 대답을 했다.

"연기되었습니다."

"네? 연기되었다고요?"

"예, 대기 중이긴 한데 어떻게 될지는 모르겠습니다."

"이유를 알 수 있을까요?"

준영은 100위안짜리 지폐 몇 장을 꺼내 종업원에게 내밀었다.

주변을 돌아보며 눈치를 보던 종업원은 지폐를 낚아채더니 낮게 중얼거렸다.

"신부가 도망갔답니다. 직원 한 명이 신랑 신부가 어젯밤에 심하게 다투는 소리를 들었는데 아무래도 신부에게 남자가 있었던 모양입니다. 그리고 아침에 신부가 갑자기 사라져 버려 사람들이 찾고는 있는 것 같은데… 제가 볼 땐 아무래도 결혼은 물 건너간 것 같으니 기다리지 않으시는 게 좋을 것 같습니다."

직원은 자신의 얘기가 돈의 가치만큼은 되냐는 듯 준영을 바라보았고, 준영이 고개를 끄덕이자 살짝 고개를 숙인 후 걸음을 옮겼다.

준영은 인조인간의 머릿속에 있는 스마트폰으로 진호천에게 전화를 걸었다.

신호는 가는데 받지 않았다.

"누나, 혹시 내 전화번호가 상대에게 찍히게 만들 수 있어요?"

인조인간이 가지고 있던 준영의 스마트폰은 어제 호텔 폭파 사건으로 완전히 망가진 상태였다.

개떡같이 말했지만 천(天)은 찰떡같이 알아들었다.

다시 신호가 갔고 이번엔 전화를 받았다.

—……

전화를 받았지만 아무 말도 없었다. 그래서 준영이 먼저 말문을 열었다.

"진 대인, 저 준영입니다."

―뭐! 너, 너 사, 살아 있었냐?

"살아 있으니까 전화를 드렸죠."

―…근데 왜 지금까지 전화를 안 받은 거야!

"어제 폭파 사건 때문에 스마트폰이 날아가 버렸어요. 전 다행히 잠시 밖에 나와 있어서 살았지만요. 한데 지금 결혼식장인데 결혼이 연기되었다는 건 무슨 말이에요?"

―이 빌어먹을 놈아! 살았으면 당장에 한국으로 돌아갈 일이지 거기가 어디라고 가!

"폭탄 선물을 준 철무한의 일그러진 얼굴 좀 보려고 왔죠."

―미친놈! 네놈이 죽었다고 생각해서 어떤 일이 있었는지 알아? 한데 철무한의 얼굴을 보러 거기에 갔다고?

진호천은 잔뜩 화가 난 목소리로 소리쳤다.

그러나 그만큼 걱정했다는 것을 보여주는 반증이었음에 안전함을 빨리 알리지 못한 것이 죄송스러웠다.

준영은 진심을 담아 사죄했다.

―됐다. 살아 있으면 그걸로 된 거지.

"근데… 무슨 일이 있었습니까?"

―…네가 죽었다고 생각했는지 능령이가 파혼을 선언하고 한국으로 갔다.

"네?"

─죽지는 않았지만 귀는 먹은 모양이구나. 한국으로 가버렸다고. 아마 세 시간 뒤엔 한국에 도착할 것이다.

"인천공항으로요?"

─쯧! 철무한, 그놈이라면 항공기까지 회항시킬 수 있는 놈이다. 밀항선으로 보냈으니 …어느 항구에 도착할 게다.

말을 못 하는 걸 보니 도청을 걱정하는 모양이었다.

천(天)을 흘낏 보자 괜찮다는 듯 고개를 끄덕였다. 한데 그녀의 얼굴이 잔뜩 굳어 있음을 준영은 보지 못했다.

"도청 걱정은 없으니 말씀하셔도 됩니다."

─말해주면 네가 마중이라도 나가려고?

"그럴 수도 있죠."

─중국에 있는 네가 무슨 수로? 네가 홍길동이라도 되냐? 능령에 대해선 걱정 마라. 내가 사람을 대기시켜 뒀다. 아마 네가 살아 있다는 소식만 들어도 좋아할 게다.

"그건 제가 알아서 하겠습니다. 어디로 오는데요?"

자신이 죽었다는 소식에 파혼을 선언하고 한국으로 건너올 줄은 상상도 못 했다.

능령이 그렇게까지 한 정확한 이유는 알 수 없었지만 지금까지 억눌러 놓았던 감정이 한꺼번에 폭발한 듯 그녀가 미치도록 보고 싶어졌다.

─군산항 6번 부두. 행여나 지금 비행기 탈 생각 마라. 공항마다 철무한이 보낸 자들로 가득하다.

"네, 한국에서 뵙겠습니다."

이미 죽었다고 생각하는 사람을 잡을 사람은 없을 것이다. 하지만 걱정해서 하는 소리임을 알기에 순순히 대답하고 전화를 끊었다.

고글을 벗고 자리에서 일어나자 천(天)이 물었다.

"…가려고?"

"한국에 온 이유라도 알아야죠."

"정말 그 이유뿐이야?"

"누나도 참…….."

준영은 천(天)의 물음에 머리를 긁적거렸다.

능령이 파혼을 선언해서 자유롭게(?) 되었다는 생각 때문인지 너무 들떠 있었다.

그저 자신의 죽음에 대한 죄책감 때문에, 혹은 우리 부모님께 죽음을 알리기 위해 오고 있는지도 몰랐다.

주책없이 뛰는 심장 때문에 진정하기 어려웠지만 마음을 가다듬었다. 그리고 왜 자신이 들떴는지에 대해 최대한 객관적으로 보려 했다.

준영의 얼굴 변화를 보던 천(天)은 가볍게 한숨을 내쉬며 말했다.

"에휴~ 철무한의 행동을 볼 때 능령이 피해야 할 곳이 필요할 거야. 성심테크 본사로 데려가. 거기만큼 안전한 곳도 없을 테니까."

"고마워요, 누나."

마음을 정한 준영은 회사를 나와 군산항으로 향했다.

6번 부두에 도착해 경호원들과 내리자 평범한 옷차림으로 어슬렁거리던 사내들이 힐끔거렸다.

'진 대인의 수하들인 모양이군.'

부두 노동자들이라기엔 눈빛과 행동거지가 남달랐다.

"어떤 일로 오셨습니까?"

선착장으로 다가가자 다섯 명의 사내가 다가왔고 그중 한 명이 경계를 하며 물어왔다.

"진호천 대인에게 이곳으로 '누군가' 온다는 얘기를 들었습니다만……."

"대인께 들었다고요? 실례지만……."

"진 대인께서 아끼는 분이다."

진호천의 집에서 봤던 사내가 어느새 그들 뒤에서 다가오며 말했다.

가로막고 있던 다섯 명은 아무 일 없었다는 듯 각자 자신의 자리로 돌아갔다.

"중국에서 폭탄 테러를 당해 죽었다는 얘기를 들었는데……."

사내는 고개를 살짝 갸웃거리며 물었다.

"중국에 간 건 제 그림자였습니다. 물론 그림자도 다행히 무사했고요."

준영의 두루뭉술한 말에 나름 사내는 이해를 했는지 고개를 끄덕이며 말을 이었다.

"자칫했으면 전쟁이 일어날 뻔했는데 다행이군요."

"전쟁이라니요?"

"대인께서 어젯밤에 중국 조직에 살수를 준비하고 전쟁에 대비하라는 명령을 내리셨습니다."

"……."

"아마도 준영 씨의 복수를 하고 싶으셨나 봅니다."

통화를 했을 때 고래고래 고함치던 진호천이 생각나며 가슴속에서 뭔가가 울컥하고 올라왔다.

'겁도 없는 노인네…….'

철무한은 현 중국 공산당의 2인자라 불리는 철량의 아들임과 동시에 현 삼합회 회장의 조카였다.

폭발물 테러를 당했음에도 준영이 바로 반격하지 못한 이유였는데, 자칫 잘못하면 나라와 나라의 싸움이 될 수도 있는 일이었기 때문이다.

그런데 진호천이 자신이 죽었다는 소리에 그런 상대와 전쟁을 벌일 생각을 하고 있었다니…

준영은 진호천의 마음에 먹먹할 수밖에 없었다.

"배가 들어옵니다."

사내의 말에 준영은 수평선으로 시선을 돌렸다. 작은 콩처럼 보이던 배는 금세 커졌고, 곧 선착장으로 접안을 시도했다.

배가 멈춰 서고 계단이 설치되자 진 대인들의 수하들이 주변을 경계하며 에워쌌다.

"여기서 기다리세요."

어차피 들어갈 생각은 없었기에 사내의 말에 준영은 고개를 끄덕인 후 능령이 내려오길 기다렸다.

"……! 주, 준영아!"

기다리라고 했던 사내에게 살아 있다는 말을 들었는지 능령은 계단으로 황급히 뛰어왔다. 그리고 준영을 발견하고 떨리는 목소리로 불렀다.

눈물을 닦느라 그랬을까. 눈 주변이 붉게 얼룩져 있었고 언제나 단정하던 머리가 살짝 헝클어져 있었다.

계단을 날듯이 내려오는 능령.

준영은 미소를 띠고 두 팔을 벌려 그녀를 맞이했다.

'어라?'

한데 계단을 한 칸 한 칸 내려올 때마다 능령의 슬퍼하던 얼굴은 점점 표독스러워졌고 다가온 그녀는 품으로 안기는 대신 주먹을 날리고 있었다.

급작스러웠다고 해도 피하지 못할 정도는 아니었다. 그러나 왠지 맞아야 한다는 생각이 퍼뜩 들었기에 그대로 주먹을 허용했다.

퍼억!

능령의 주먹은 매서웠다. 준비를 했음에도 준영은 몇 걸음 뒤로 물러나야 했다.

"윽! 이거 너무……!"

살아 돌아온(?) 사람에게 너무한 거 아니냐고 너스레를 떨려고 했지만 주먹질 이후에 바로 품에 안겨오는 능령의 어깨가

가늘게 떨리는 걸 느끼곤 입을 닫아야 했다.

"다행이다. 살아 있어서⋯⋯."

"⋯네."

준영은 주변에 수많은 이들이 둘러싸고 있었지만 그것에 아랑곳하지 않고 능령을 안으며 진정할 때까지 등을 토닥여 주었다.

준영이 폭파 사건으로 죽었다는 얘기를 진호천에게 들은 능령은 알 수 없는 슬픔과 분노로 파혼을 선언하고 한국으로 왔다.

정혼자인 철무한에게 화를 내고, 단 한 번도 아버지 진명천의 말을 거역한 적이 없었던 그녀로서는 큰 용기가 필요한 행동이었다.

하지만 그럴 수밖에 없었다.

준영을 향한 자신의 마음이 그저 잊을 수 있는, 좋아하는 감정인 줄 알았는데 그 이상이었던 것이다.

그렇다고 능령이 사랑에 모든 것을 버릴 만큼 순수하지는 않았다. 준영이 살아 있다는 걸 본 순간 안도와 함께 머리는 금세 차분해졌다.

준영과 차를 타고 성심테크 본사로 가던 능령은 앞으로 어쩔 생각이냐는 준영의 물음에 차분히 답했다.

"네가 살아 있다는 걸 알았으니 돌아가야지."

"⋯가지 말아요. 나⋯ 누나 사랑해요."

분위기 있는 곳이 아닌 그저 차 안에서 운전을 하며 하는 말이었지만 얼굴을 붉힌 채 고백하는 준영의 모습에 능령의 심장은 심하게 두근댔다.

'나도 사랑해, 준영아.'

철무한은 준영이 살아 있다는 걸 안다면 다시 목숨을 노릴게 뻔했다. 그가 어떤 사람인 줄 잘 알기에 말을 할 수가 없었다.

지금 능령의 눈에 준영은 지켜줘야 할 사람으로 보였다.

준영의 진면목을 모르는 그녀로서는 당연했다.

능령의 표정을 보고 준영은 그녀의 마음을 짐작했다.

"철무한이 절 해칠까 봐 걱정되는 건가요? 그건 걱정 말아요."

"네가 철무한에 대해 몰라서 그래!"

"중국 권력가 집안의 아들이고 외가가 삼합회의 우두머리라는 것과 정혼자와 아는 사이였다는 것만으로도 폭발물을 선물할 만큼 잔인한 놈이라는 것은 알아요."

"알면……."

"무섭지 않아요. 아니, 내 목숨을 노린 것에 대한 대가는 반드시 치러야 할 겁니다."

"……."

단호하게 말하는 준영을 보던 능령은 더 이상 말을 할 수가 없었다.

하지만 그렇다고 해서 생각이 바뀐 건 아니었다.

"…아버지를 버릴 순 없잖아. 그리고 이렇게 도망치듯 살 수도 없는 일이고."

"그래서 다시 철무한과 결혼하러 가겠다는 거예요?"

준영은 살짝 눈살을 찌푸리며 물었다.

"아니, 그 사람과 결혼하지 않을 거야."

"…그럼 저에게 아직 기회가 있다는 소리네요?"

준영의 질문에 능령은 대답하지 않았다. 하지만 표정만으로도 대답을 알 것 같았기에 준영은 한결 편안해진 얼굴이 되어 성심테크로 차를 몰았다.

*　　*　　*

"여긴 어디야?"

"성심테크 본사예요."

마무리 공사가 한창인 성심테크의 건물들을 바라보는 능령은 약간 놀랍다는 표정을 짓고 있었다.

"최대 주주는 저로 되어 있지만 사실 동업자가 경영하는 곳이에요."

"동업자?"

준영은 대답 대신 천(天)이 머무는 건물로 능령을 데리고 갔다.

"어서 와요."

단정한 정장 차림의 천(天)이 능령을 반겨줬다.

"…안녕하세요?"

능령은 인사를 한 후 누구냐는 듯 준영을 쳐다보았다. 그녀가 성심미디어를 떠나고 난 다음 천(天)이 본격적으로 활동했음을 깨달은 준영은 얼른 부연 설명을 했다.

"아! 능령 누나는 하늘이 누나를 처음 봤죠? 성심미디어 4층에 있다던 개발자가 이 누나였어요."

"아……! 처음 뵙겠습니다. 진능령입니다."

"김하늘이에요. 전 준영이에게 능령 씨에 대해 많이 들어서인지 오래전부터 알았던 분 같군요."

"제 얘기를요?"

"네, 준영이랑 저는 딱히 숨기는 게 없거든요."

"…어떤 얘기를 했을지 궁금하네요."

"호호호! 나쁜 얘기는 아니니 걱정 말아요. 먼 길 오느라 힘들었죠? 올라가서 쉬어요."

능령은 다소 어색해했지만 천(天)은 능숙한 호스트마냥 건물 꼭대기에 마련해 둔 집으로 안내했다.

"와! 엄청 잘 꾸며뒀네요?"

처음 헐어버린다고 했던 천(天)의 말이 무색할 만큼 잘 꾸며져 있었다.

"혹시 손님이 올 수도 있으니까."

"손님이 아니라 남자가 오길 바라고 꾸민 거 아니에요?"

마치 신혼집처럼 꾸며져 있었기에 농담을 했다.

"틀린 말은 아니지… 그나저나 능령 씨, 뭐라도 먹어야 하지 않아요?"

"…괜찮아요."

"괜찮기는요. 준영이랑 이곳에 있어요. 간단한 음식이라도 준비할 테니까요."

능령에게 지낼 방을 정해준 천(天)은 둘만 남겨둔 채 밖으로 나갔다.

"호텔로 갈걸 그랬어."

창가에 있는 의자에 앉은 능령이 꾸며진 방을 훑어보다 중얼거렸다.

"왜요? 하늘이 누나가 마음에 걸려요?"

"…그건 아니고."

입은 아니라고 말했지만 표정은 솔직했다.

"하하! 절대 오해하지 마세요. 하늘이 누나는 제게 여자가 아닌 어머니 같은 존재니까요."

"어머니?"

"네, 진짜 어머니는 아니지만 그렇게 생각하는 사이예요. 그러니 절대 오해하지 마세요."

준영의 단호한 말이 효과가 있었는지 천(天)을 봤을 때부터 굳어 있던 능령의 표정이 다소 풀렸다.

준영은 능령의 맞은편에 앉아 복잡한 얼굴을 하고 있는 그녀를 바라보며 생각을 정리했다.

당장 결혼할 것은 아니었고 자신의 모든 것을 버릴 정도로 사랑하지는 않았지만 능령은 함께 있고 싶은 여자였다.

그녀가 아버지인 진명천 때문에 중국으로 간다고 했을 때는 약간 서운한 마음도 있었지만 한편으로는 철무한에 비해 힘이 약하다는 것을 알기에 다행이라는 생각도 들었다.

"얼마나 버틸 수 있을 것 같아요?"

"2년? 아니, 3년 정도."

다소 뜬금없는 질문이었지만 능령은 알아들었다.

능령이 철무한과 결혼을 하지 않겠다고 말했지만 중국으로 간다면 어찌 될지 모르는 상황이었다.

버티는 것에 분명 한계가 있을 터였고 실기하면 능령과는 오늘이 마지막일 수도 있었다.

"최대한 2년만 기다려 줘요. 그때가 되면 진 대인의 생각이 분명 바뀔 거예요."

"응!"

확신에 찬 말에 믿음이 갔는지 능령이 또랑또랑한 목소리로 답했다.

"그리고 제가 두 사람 붙여줄 테니까 어딜 가든지 데리고 다니고요."

"누굴 붙여주려고?"

"혹시 모를 상황에서 누나를 지켜줄 만한 사람이요. 지금 데리고 있는 이들은 믿지 마세요."

"알았어. 그렇게 할게."

"그들 편으로 자주 연락할게요."

서로의 마음을 확인하자마자 헤어져야 한다는 것이 아쉬웠지만 지금은 이렇게 하는 것이 최선이라고 생각하며 준영은 스스로의 마음을 다독였다.

애기를 하는 동안 천(天)이 식사 준비를 마쳤다.

언젠가 요리가 취미라고 하더니 천(天)의 요리 실력은 발군이라 할 만했다.

식사를 마친 준영과 능령은 천(天)의 배려로 둘만의 시간을 보낼 수 있었다. 대부분이 일상적인 대화에 불과했지만 시작된 연인—내일이면 헤어져야 하지만—은 시간이 가는 줄 모르고 서로에 대해 말했다.

12시가 넘어가자 준영은 자리에서 일어났다.

"편히 쉬세요. 아침에 다시 올게요."

"어디에서 자려고?"

옥탑 집엔 침실로 쓸 수 있는 방이 두 개였다.

"해야 할 일이 있어서 잠깐 하늘이 누나와 애기한 다음에 사무실 소파에서 자려고요."

능령에게 붙여줄 경호원들의 외형 변경을 천(天)에게 부탁해야 했다.

"오래 걸려?"

"아뇨, 10분 정도면 충분해요."

"…그럼 얘기 끝나고 이곳에서 자."

마지막 말을 하며 능령은 붉어진 얼굴을 감추려는 듯 시선을 돌렸다.

"…그럴게요."

이러쿵저러쿵 애기해 봐야 서로 얼굴만 붉힐 수밖에 없는 상황. 준영은 빙긋 웃으며 말한 후 밖으로 나왔다.

"휴우~"

심장이 터질듯이 두근댔기에 숨을 크게 들이쉬며 진정시키려 노력했다.

"좋겠다?"

천(天)이 일하는 곳으로 들어가자 그녀는 고개도 돌리지 않고 말했다.

건물 전체가 천(天)에 의해 움직이고 있음을 알기에 엿들은 것에 굳이 왈가왈부할 필요는 없었다. 오히려 조금 뒤에 있을 일(?)을 보지 말아달라고 부탁을 해야 할 입장이었다.

"지금까지는 어쩔 수 없었지만 이 시간 이후로 보거나 듣거나 하지 않았으면 좋겠어요."

"부탁이야? 명령이야?"

"부탁을 빙자한 명령이라면 기분 나빠 할 거예요?"

"…기분 나빠 할 이유가 없지. 그리고 니가 여자랑 하는 모습을 한두 번 본 것도 아니고."

아무리 인간이 아니라고 하지만 인간의 모습을 한 채 저런 말을 태연하게 하는 천(天)을 보자니 머리가 아파왔다.

"쩝! 어쨌든 고마워요. 그리고……."

"경호 로봇 중 두 대가 외형 교체 작업에 들어갔어."

예상대로 천(天)은 이미 작업 중이었다.

"올라가 봐. 샤워를 마치고 수줍은 모습으로 침대에서 네가 오길 바라는 사람이 있으니까."

천(天)은 귀찮다는 듯 고개도 돌리지 않고 손을 휘휘 저었고 준영은 검지로 볼을 긁적거리며 한마디 하고 돌아섰다.

"부탁해요."

준영이 사무실에서 나가자 비로소 바쁘게 움직이던 천(天)의 손이 멈췄다.

그리고 돌아서 준영이 나간 문을 바라보는 천(天)은 무척이나 슬픈 표정을 짓고 있었다.

"이젠 날 기억할 때도 되지 않았어……?"

알 수 없는 말을 중얼거린 천(天)은 그렇게 하염없이 준영이 사라진 곳을 바라보고 있었다.

아침 햇살의 눈부심과 코끝에서 느껴지는 간지러움 때문에 잠에서 깼다.

눈을 뜨자 가장 먼저 보이는 것은 팔베개를 한 채 자신을 바라보고 있는 능령이었다.

"잘 잤어?"

"웅! 누나도 잘 잤어요?"

밤새 능령과의 거리는 정신적으로나 육체적으로나 한결 가까워졌다.

눈웃음으로 대답을 대신하는 능령의 모습이 사랑스러웠다. 자연스럽게 그녀의 입술로 다가갔고 능령은 거부하지 않았다.

몸의 일부에 다시 힘이 불끈 들어갔지만 첫 경험으로 밤새 아팠을 능령을 더 괴롭힐 수는 없었기에 키스로 만족했다.

"데려다 줄게요."

"아냐, 네가 가면 일만 커질 거야."

아침을 먹고 능령이 명천호텔로 떠날 시간이 되었다.

약간은 어색하게 걸으며 혼자 가겠다는 능령의 말을 들어줄 수는 없었다.

"철무한과 할 얘기도 있어요. 그리고 혼자 가나 둘이 가나 의심병 환자인 철무한은 우리 둘을 의심할 거예요."

"그는 아직 네가 살아 있다는 걸 몰라."

"어차피 알게 될 일이에요. 그리고 누나가 중국에 간 다음 그 자식이 알게 된다면 누나에게 지랄할 게 뻔해요. 놈의 분노를 차라리 나에게 돌리는 편이 누나가 버티기 쉬울 거예요."

준영은 누군가를 처리할 때 경고하는 스타일이 아니었다. 하지만 이번만은 예외로 하기로 했다.

"너무 자극하지 마. 무슨 짓을 할지 몰라."

능령은 걱정스러웠는지 차를 타고 오는 내내 잔소리를 했다. 하지만 자신을 위해 하는 말임을 알기에 준영은 걱정 말라는 말로 그녀를 다독였다.

명천호텔 주차장으로 들어가자 실시간으로 보고가 들어갔는지 엘리베이터 앞에서 진명천과 철무한을 만날 수 있었다.

"네가 어떻게……!"

두 사람은 능령이 돌아왔다는 것보다 준영이 살아 있다는 것에 더 놀라고 있었다.

"오랜만에 뵙습니다, 진대인. 그리고… 그제 밤에 좋은 선물을 보내셨더군요, 철무한 씨?"

"…중국에서 본 자는 너의 그림자였나?"

"편한 대로 생각하세요. 선물에 대한 답례는 조만간 보내 드리죠."

서로 뜨거운(?) 눈빛을 교환하는 준영과 철무한 사이에 끼어든 이는 진명천이었다.

"자네가 테러리스트의 테러 속에서 살아 있다니 다행이다만… 왜 능령과 함께인가?"

호텔 폭파 사건은 소수민족 독립을 부르짖고 있는 중국 내 테러 단체의 소행으로 각종 매체들은 떠들고 있었다.

진명천이 진실을 모르고 한 말이 아니라 당황해하고 있는 철무한을 돕고자 한 말일 것이다.

그렇다고 미래에 장인이 될지도 모르는 진명천에게 건방을 떨 생각은 없었다.

"우연히 만났습니다."

"우연히?"

"네, 저희 집 근처에서 우연히 만났습니다. 제가 능령 누나 때문에 죽었다고 생각해서 제 부모님께 사죄를 드리러 왔다고 하더군요."

능령과 입을 맞춰뒀던 얘기를 그대로 해줬다.

"밤새 같이 있었나?"

철무한이 표정을 숨기지 않고 물었다.

질투심에 이글거리는 모습에 준영은 피식 웃으며 대꾸했다.

"아니라고 하면 믿을 건가요? 어차피 내 대답 따윈 당신의 생각대로 판단할 테니 어찌 되었든 상관없잖아요?"

"말해!"

철무한이 버럭 소리쳤다.

준영은 그의 반응을 무시하며 자신의 할 말을 했다.

"어른과 얘기하는 거 안 보여요? 아님 배경이 좋다 보니 어른으로 안 보이는 겁니까? 우리 얘기는 잠시 후에 하기로 하죠."

"이……!"

"험! 자네는 잠깐 기다리게."

철무한이 발작하려는 순간 계속 자신의 말을 끊는 철무한에게 기분이 상한 진명천이 나섰다.

"아! …죄송합니다."

철무한이 아무리 중국에서 막강한 권력을 행사한다고 하지만 진명천도 그리 만만한 사람은 아니었다.

철무한은 자신의 실례를 깨닫고 황급히 사과를 했다.

"아니네. 충분히 화낼 만한 일이지. 하지만 일단 내가 먼저 준영 군과 얘기를 끝낸 후에 해주게."

진명천의 입장에선 길게 얘기해 봐야 자신의 손해였다.

파혼을 선언해 버리고 한국으로 도망간 딸이 외간 남자와 하룻밤을 보내고 왔다고 확정되어 버리면 철무한의 집안 사람들에게 뭐라 변명할 거리가 없었다.

지금은 일이 커지는 걸 막고 수습하는 게 우선이었다. 그래

서 능령을 데리고 와줘서 고맙다는 인사를 준영에게 한 뒤 그
녀를 데리고 먼저 엘리베이터에 올랐다.

"나중에 봐요."

엘리베이터 문이 닫히기 전 준영은 능령의 눈을 바라보며 한
마디 했고 능령은 은은한 미소를 지은 채—다른 사람들이 보기
엔 표정의 변화가 거의 없었지만— 살짝 고개를 끄덕였다.

진명천과 능령이 탄 엘리베이터가 닫히자 묵묵히 인상만 쓰
고 있던 철무한이 살기 가득한 목소리로 말했다.

"아까 하던 말, 계속하지."

지금까지 시종일관 미소 띤 표정을 짓고 있던 준영의 얼굴
이 얼음처럼 차가워지며 대답했다.

"일단 얘기를 하기 전에 넌 병원이나 한번 갔다 와야겠다."

"……?"

"집착증이 심해도 너무 심해. 설마 능령 누나가 처녀라고 생
각하고 있는 건 아니겠지? 너에게 얼나이—첩—가 대여섯 명
있는 걸로 아는데 능령 누나라고 있으면 안 되는 건가?"

"이 새끼가……!"

발끈한 철무한이 다가오려 했지만 경호 로봇들이 먼저 앞을
막았다.

그러자 철무한의 경호원들 또한 앞으로 나서면서 순간적으
로 호텔 지하 주차장은 긴장감이 고조됐다.

준영은 말릴 생각이 없었다.

여기에 온 목적 또한 철무한의 신경을 긁고자 온 것이었기

에 경호 로봇과 경호원을 사이에 두고 다시 이죽거렸다.

"중국에 가서 몸조심해. 테러리스트가 나만 공격하라는 법은 없으니까."

"으득! 한국이라고 까부는 모양인데 이곳이라고 안전하다고 생각하면 오산일 거야."

"그 말을 그대로 해주고 싶군. 중국이라고 안전하다고 생각하면 큰코다칠 거야."

두 사람의 대화는 평행선을 그을 수밖에 없었다.

아득바득 이를 가는 철무한과 헤어진 준영은 차를 타고 성심기계로 가면서 그와 척을 진 것에 대해 생각해 보았다.

하지만 곧 고개를 흔들었다.

사랑에는 손익을 따질 수 없었다.

3장

계획의 시작

능령에게 붙여준 경호 로봇을 통해 그녀와 통화를 할 때를 제외하곤 계획을 만드느라 쉴 시간이 없었다.

그리고 그렇게 수립한 계획 실행일이 오늘이었다.

내년 2월로 임기가 끝나는 대통령의 레임덕에 관한, 혹은 각 정당의 차기 대선 주자 경선에 관한 기사만 즐비해 국민의 외면을 받던 뉴스가 간만에 괜찮은 기사를 내놓아 국민들의 가슴을 훈훈하게 만들었다.

익명으로 많은 사회단체에 적게는 수십억, 많게는 수백억 원을 기부하는 이가 있다는 소식이었다.

조폭들의 돈을 턴 지(地)가 어떻게 해야 할지 묻기에 기부를 하라고 했었다.

준영이 딱히 더러운 돈, 깨끗한 돈을 따지는 인간은 아니었다. 하지만 스스로 번 돈도 아니었고, DD와 DDR를 통해 벌어들이는 돈도 주체를 못 하고 있었기에 준영에게는 있으나 마나 한 돈이었다.

"요즘에도 이런 사람들이 있군요."

기부에 대한 기사를 보던 마철훈이 마치 '이런 돈이 있으면 나한테나 주지'라는 의미로 준영에게 말했다.

"그러게 말입니다."

준영은 그저 맞장구만 쳤다.

준영이 볼 때 자신의 도움으로 의원이 된 마철훈은 맹세하던 것과 달리 그저 그런 의원이 되어가고 있었다.

애초에 초선 의원이 뭔가 할 수 있다는 기대도 하지 않았기에 실망도 없었다.

정치인에 대한 잣대가 되어준 것만으로 충분했고 목적을 이루기 위해서 징검다리가 되어주는 것만으로도 돈을 투자한 가치는 있었다.

"충분히 칭찬받아 마땅하지만 의미 없는 짓임을 기부자가 알게 된다면 기분이 어떨까요?"

겉으로 보기에 준영은 한국의 여느 재벌들과 같은 길을 걷는 사람처럼 보였다.

한국의 재벌들이 수천억씩 기부를 했다는 기사를 본다면 액면 그대로 믿으면 안 된다.

그들의 기부 행태는 참으로 꼴불견인데, A라는 회사를 수십

억에 만든다. 그다음 일감을 몰아준다.

참고로 A 회사는 대기업이 몰아준 일감을 스스로 해결하는 게 아니라 하청 업체에 준다.

이후 A 회사의 가치가 급상승해 수천억짜리 회사가 된다. 그럼 그 주식을 기부하는 것이다.

근데 여기서 그 주식을 정말 일반적인 비영리 사회단체에 준다면 칭찬받아 마땅하다. 하지만 아니다. 바로 A라는 회사를 만든 대기업에서 만든 B라는 사회단체에 주식을 기부한다.

더 웃기는 건 '눈 가리고 아웅' 하는 이런 기부조차도 정부와의 거래로 한다는 것이다. 가령 비자금 문제 따위를 덮어주는 대신에 기부를 하게 되는 것이다.

과연 그들이 하는 것이 기부인가? 아님 주식 소유권 이전인가?

물론 핑계는 있지만―천(天)이 거의 모든 돈을 사용했다는― 준영도 그들을 욕할 처지는 아니었다.

딱히 큰돈을 기부를 하지 않았기에 마철훈이 보기에도 자신의 실속만 챙기는 사람처럼 보였을 것이다.

그래서일까. 기부를 한 사람을 은근히 씹고 있었다.

"이천억 가까이를 기부했는데 그런 사람이 의미 없음을 모르진 않을 테죠. 다만 절반쯤은 '실제 도움이 필요한 사람에게 가겠지' 라는 생각으로 기부를 했겠죠."

각종 사회단체들이 범람하다 보니 그들의 도덕적 해이는 심각한 수준이었다.

지(地)가 보낸 사회단체들은 나름 정직한 곳이었지만 그곳 또한 100퍼센트 필요한 사람들에게 쓰이지는 않을 것이다.

"그 정도라도 쓰이면 다행이겠죠. 어쨌든 아쉽군요."

국회의원이 되더니 마철훈은 돈에 대한 욕심이 예전과 비교를 할 수 없을 정도로 커진 것 같았다.

씁쓸했지만 신경을 껐다.

이미 대한민국을 바꾸기로 결심을 한 이상 마철훈에게 연연할 필요가 없었다.

마철훈의 차는 오래된 한옥 건물 앞에 도착했다.

차에서 내린 준영은 멀리서 자신을 뒤따라 온 승합차를 힐끗 보고는 한옥으로 들어갔다.

곱게 한복을 차려입은 30대 초반의 여자가 웃는 얼굴로 안내를 했다.

"의원님, 일행분들이 도착했습니다."

청아한 목소리로 준영과 마철훈의 도착을 알린 여자는 문을 열었다.

실내엔 세 사람이 앉아 있었다.

구면인 동작 갑의 국회의원인 기원묵과 야당의 대선 주자인 이하민, 그리고 처음 보는 나이 든 노인네였다.

노인을 바라보는 준영의 아미가 살짝 좁혀졌다가 재빨리 펴졌다.

"허허허! 어서 오게, 안 사장."

술을 한잔했는지 볼이 살짝 붉어진 이하민 의원이 반갑게 맞이해 줬다.

"오랜만에 뵙습니다, 이 의원님, 기 의원님. 한데 이분 은……."

"내 마음의 스승님이지. 허허허!"

"별말씀을… 그냥 잔소리꾼에 불과하죠. 반갑네. 이민철이 라고 하네."

"…처음 뵙겠습니다. 안준영이라고 합니다."

이민철이라 소개한 노인의 손을 잡으며 고개를 숙인 준영은 신경을 귀로 집중했다.

천(天)이 전해주는 이민철에 대한 정보를 듣기 위해서였다.

─이민철. 올해 나이 70세, 젊은 시절부터 야당인 신국민당 을 위해 일했던 사람인데 그 외에는 특별한 것이 없어. 재산도 현재 살고 있는 집을 제외한다면 2억 정도에 불과하고. 그리 고…….

경력만 놓고 본다면 딱히 중요한 사람처럼 보이지 않았다. 하지만 그런 사람이 차기 대권 주자의 옆에 앉아 있을 가능성 은 거의 없었다.

분명 뭔가 있는 사람일 터. 천(天)이 계속 조사를 하다 보면 결국 나올 것이다.

준영은 이하민과 기원묵 의원보다 이민철에게 더 신경을 쓰 며 자리에 앉았다.

"지난 선거에서 안 사장의 도움을 받았는데 이제야 고맙다 는 인사를 하게 되는군. 한 잔 받게."

"별말씀을요. 이번에야말로 도움다운 도움을 드릴 수 있을 것 같습니다."

"허허허! 그렇게 말해주니 든든하군. 자, 마시지."

술을 마시고 나자 이하민은 술잔을 돌렸다. 그렇게 주고받으며 한 잔 두 잔 마시다 보니 분위기는 한결 부드러워졌다.

이민철이 빈 잔을 준영에게 건넨 후 술을 따라주며 말했다.

"한 가지만 물어봄세."

"말씀하십시오."

"지난 총선 때 사실 나는 마철훈 의원의 당선에 대해서 상당히 회의적이었네. 아니, 나뿐만 아니라 지도부들의 생각 또한 마찬가지였지."

"그렇습니까? 제가 그 지역에 살아서 그런지 전 마철훈 의원님이 가능성이 있다고 생각했었습니다."

"껄껄껄! 나도 당연히 그렇게 되길 바라긴 했지. 게다가 안 사장의 말처럼 떡하니 당선이 되었으니 우리로서는 정말 좋은 일이지. 한데 마 의원이 말하기론 자네가 뭔 수를 사용했다고 하더군……?"

선거를 뒤집은 방법을 듣고 싶은 모양이었다.

"그 지역에서 태어나고 자라다 보니 적은 수지만 나름 인맥을 가지고 있습니다. 그들에게 마철훈 의원에 대해 말해준 것밖에 없습니다."

"그런가? 자네의 인맥이 상당한가 보군."

떨떠름한 표정으로 말하는 이민철. 믿는 눈치는 아니었지만 상관없었다.

스마트폰을 이용해 젊은 층이 선거에 참여하도록 하고 그들의 잠재의식에 마철훈의 좋은 이미지를 넣었다고 한다면 지금 현재로써는 환영받겠지만 선거가 끝나고 나면 목줄이 될 게 분명했다.

스스로의 목에 방울을 다는 멍청한 고양이가 될 생각은 추호도 없었다.

"저흰 잠시 담배나 피우고 오겠습니다."

정치자금에 대해 얘기할 때가 되었는지 이민철이 기원묵과 마철훈에게 신호를 보냈고 둘은 자리에서 일어나며 말했다.

"쯧쯧. 아직도 담배를 피우는가? 건강을 위해서 끊어보도록 하게."

"하하하! 올해까지만 피우고 끊겠습니다."

너스레를 떨며 두 사람이 나가자 이하민이 아닌 이민철이 물어왔다.

"아까 하던 얘기나 계속해 봄세."

한데 그는 말을 하면서 젓가락을 들고 술로 술상에 물음표를 그렸다.

필담을, 아니, 주담을 하자는 것이었다.

"올해 성심테크에서 신입 사원을 뽑기로 되어 있다는 얘기 말입니까?"

준영은 아까 꺼낸 얘기 중 적당한 것을 골라 반문하며 젓가락으로 상에 '500'이라는 숫자를 적었다.

"⋯⋯! 그, 그렇지."

"회사를 키워야 할 것 같아서 경력 사원과 신입 사원을 반반 정도로 뽑을 생각입니다."

영양가 없는 말을 하면서 주담은 계속 이어졌다.

[억?]

[네.]

[종류는?]

[현금.]

이민철은 묻고 싶은 걸 모두 물었는지 술을 상에 쏟더니 손으로 쓱 닦고는 이하민 의원에게 귓속말을 했다.

준영이 말한 액수는 통상적인 대통령 선거 비용의 사분의 일에 해당하는 돈이었으니 이하민의 눈은 커질 수밖에 없었다.

이하민은 약간 떨리는 목소리로 물었다.

"정말 그래 줄 수 있나?"

"물론입니다. 더 필요하시다면 그 두 배까지도 가능합니다."

"⋯⋯."

"대신 의원님과 독대해서 묻고 싶은 것이 있습니다. 가능하시겠습니까?"

"무, 물론이네."

"잠깐. 내가 있으면 안 되는 이유라도 있는 건가?"

이하민은 허락했는데 이민철이 이해할 수 없다는 듯 물었다.

"그저 개인적으로 묻고 싶은 게 있는 것뿐입니다. 곤란하면 그만두시죠. 어떻게 될지도 모르는데 제가 너무 과한 배팅을 했나 봅니다. 좀 전의 말은 잊어주십시오. 지난번과 같은 도움 정도는 가능할 겁니다."

저자세는 돈 얘기가 나오기 전까지 한 걸로 충분했다. 이제는 준영이 갑이었다.

막말로 선거에서 떨어지면 500억을 날리는 일이었다. 어느 재벌이 봐도 준영이 지금 하는 행동은 미친 짓이라고 말할 만한 일이었다.

철없는 어린놈이 생각지도 못한 큰돈을 안겨주겠다는데 이민철이 그걸 막아버리려 하니 아무리 그가 정치적 스승이라지만 이하민의 기분이 좋을 리가 없었다.

"험험! 내가 주책을 부렸군. 미안하네."

그리고 그의 심기가 얼굴에 나타나자 이민철은 아차 싶어 바로 자리에서 일어나 한마디 하고 밖으로 나갔다.

"허허. 이해하게. 워낙 꼼꼼한 분이라……."

"아닙니다. 제가 혹시나 해코지할까 걱정스러웠던 것이겠죠."

"허허허! 자네가 내게 해코지할 일이 뭐가 있다고. 한데 나에게 묻고자 한 게 무엇인가?"

"의원님은 자신의 10년 동안의 자유를 희생하여 많은 국민들이 살아갈 희망을 가지게 된다면 어떻게 하시겠습니까?"

"음……."

이하민은 질문의 저의를 파악하기 위해 잠깐 시간을 끌었다.

'역시 철훈이가 애기한 대로 좀 이상한 구석이 있는 친구 군.'

얼토당토않은 질문을 잘하고 그에 대답만 잘하면 돈을 퍼준 다는 것이 마철훈이 이하민에게 한 준영의 평가였다.

"난 당연히 날 희생할 걸세. 내가 이번 선거에 나서게 된 것 도 나의 사리사욕을 위해서가 아니네. 모두 국민을 위해, 국민 이 새로운 대한민국을 만들어주길 바라고 있어서 출마를 결심 하게 된 것이지."

"…한 치의 거짓도 없으시겠군요?"

"허어~ 믿게나. 난 지금까지 국민과 관련된 일엔 거짓을 말 해본 적이 없는 사람일세. 10년, 아니, 내 목숨이 다한다고 해 도 국민이 행복해질 수 있다면 기꺼이 감수할 수 있다네."

이하민은 스스로 한 말에 도취가 되어 준영의 눈빛을 미처 보지 못했다.

준영의 눈빛은 칠흑처럼 어두웠고, 어금니를 앙다물고 있었 다. 그리고 천천히 그의 입이 열렸다.

"감사합니다. 그리고… 죄송합니다."

"허허. 뭐가 감사하고, 뭐가 죄송하단 말인가? 그래, 자네의 의문은 풀렸는가?"

"네, 풀렸습니다."

"하면……!"

500억을 생각하며 기분 좋게 말하던 이하민은 따끔한 느낌 과 함께 갑자기 눈앞이 흐려졌다.

'어, 어딜 보는 거야?

흐려지는 정신을 애써 붙잡고 준영이 바라보는 곳으로 고개를 돌렸다.

방 한쪽, 2평 남짓 만들어둔 정원에 두 명의 사내가 나타나 통유리에 이상한 장치를 대더니 그대로 통째로 뜯어내고 있었다.

특히 그중 한 명의 얼굴을 본 이하민의 눈은 더 이상 커질 수 없을 만큼 커졌다.

바로 자신의 얼굴이었다.

"대, 대체 이게……"

준영을 향해 현 상황에 대해 물어보려고 했지만 내려오는 눈꺼풀의 힘을 감당하지 못하고 쓰러졌다.

잠이 든 이하민을 바라보는 준영은 꽤나 복잡한 표정을 짓고 있었다.

"…이 의원님, 이 의원님!"

이하민은 이민철의 부름에 눈을 떴다. 그리고 자신이 바닥에 누워 자고 있음을 깨달았다.

벌떡 몸을 일으킨 이하민은 주위를 둘러봤다. 기원묵도, 마철훈도, 준영도 술을 마시며 얘기를 나누고 있었다.

"얼마나 잤습니까?"

"30분 정도 쉬셨어요. 안 사장과 얘기를 하는 도중에 잠이 들었다고 해서 잠깐 쉬시라고 그대로 뒀습니다. 이젠 자리를 파해야 할 시간입니다."

여전히 어리둥절한지 정원 쪽과 준영을 번갈아 보던 이하민은 꿈을 꾼 것이라 생각할 수밖에 없었다.

정신을 가다듬은 이하민은 낮은 목소리로 이민철에게 물었다.

"안 사장이 약속한 건?"

"의원님 말씀에 감명을 받았다고 약속은 반드시 지키겠답니다. 그리고 조만간 200억부터 보낸다고 했으니 걱정 마세요."

흡족하게 고개를 끄덕인 이하민은 시원한 물로 마지막 건배를 하곤 자리를 파했다.

집으로 돌아온 이하민은 가족들에게 몸가짐을 조심, 또 조심하라고 강조하고 자신의 방으로 가 책을 읽다가 잠들었다.

새벽 5시.

오랜 시간 규칙적인 생활을 해 이젠 알람보다도 더 정확하게 침대에서 일어난 이하민은 지하에 마련된 헬스장으로 가 러닝 머신에 올랐다.

"헛둘! 헛둘!"

가벼운 구령과 함께 러닝 머신을 뛰는 이하민.

오늘따라 뛰는데 뭔가가 조금 이상했다.

러닝 머신을 뛰는데 마치 그냥 바닥에서 제자리 뛰기를 하는 느낌이었다.

하지만 조금 더 뛰자 곧 그런 느낌은 사라졌다. 마치 현재의 느낌이 원래의 느낌이었던 것처럼.

　경기도 김포의 좁은 국도를 달리다 보면 오래돼 보이는 공장들이 띄엄띄엄 보인다.

　얼마 전 그곳에 1년 정도 방치되어 있던 공장 터가 어떤 사람에게 팔렸다.

　부우우우웅! 부웅! 부웅!

　아직 이른 새벽.

　너른 공장 터 중 물류 창고로 보이는 건물 앞에 꽤나 고급스럽게 보이는 오토바이 한 대가 들어서고 있었다.

　나올 곳은 안 나오고 들어갈 곳은 밋밋한 몸매의 사내는 헬멧을 쓴 채로 투덜댔다.

　"구해도 하필 이런 곳을 구했어?"

　투덜대는 목소리는 준영이었다.

　ㅡ물류 창고로 들어가서 지하로 내려가면 살 만하게 꾸며놨어.

　천(天)의 말을 들은 준영은 물류 창고의 문 앞으로 다가갔다.

　오래되어 보이는 외관과 달리 꽤 비싼 전자자물쇠가 달려 있었는데, 천(天)이 조종을 하는지 완전히 다가가기 전에 문이 열렸다.

　한쪽으로는 박스들이 쌓여 있었고 다른 한쪽으로는 휴게실처럼 꾸며진 곳에 인조인간으로 보이는 인부들이 소파에 앉아 눈을 감고 있었다.

지하로 내려가는 곳이 어딘지 묻기도 전에 상자들 앞의 바닥이 가라앉으며 계단을 만들어냈다.

계단을 통해 아래로 내려가자 좌우로 방이 있는 복도가 나왔다. 불투명했던 방문들이 준영이 지나가자 투명하게 바뀌며 안을 들여다볼 수 있게 되었다.

좀 좁다 뿐이지 호텔 정도로 깔끔하게 꾸며진 방이었다. 대부분 비어 있었는데, 사람이 있는 곳도 있었다.

준영이 바라보고 있는 방엔 슈트를 입은 사람이 열심히 제자리 뛰기를 하고 있었다.

"…잘 지내는 모양이네."

준영이 그 모습을 보고 묘한 표정을 지으며 중얼거리자 옆에 천(天)의 홀로그램이 나타나며 말했다.

"현실을 살고 있으니까. 내일이라도 밤에 가서 이하민을 대신하고 있는 인조인간과 바꿔도 눈치채지 못할 거야. 장소만 바뀌었다 뿐이지 슈트 속에서 똑같이 생활하고 있어."

천(天)은 인조인간의 시선을 슈트 안에 있는 이하민에게 그대로 보냈고, 또한 이하민의 행동이 그대로 인조인간에게 전해지도록 만들었다.

즉 데이터가 전송되는 약간의 딜레이만을 제외하면 이하민은 현실과 큰 괴리감 없이 살아갈 수 있었다.

"그래요……."

천(天)의 말에 수긍을 하면서도 준영의 표정은 결코 좋지 않았다.

'대한민국을 변화시켜 볼까?' 라는 생각을 했을 때부터 수백, 수천 번의 시뮬레이션을 머릿속에서 반복했었다.

수십 년이 지나도 실패한다는 결론이 대부분이었는데 성공한 시뮬레이션은 모두 현 정치인들을 처리(?)한 다음부터였다.

정치를 바꾸지 않고서는 시간도 시간이지만 역풍으로 회사가 망하는 경우도 많았다.

결국 피해를 최소화하고 계획을 완성시키기 위해선 현재의 방법이 최선이었다.

'물론 가해자의 핑계일 뿐이지.'

아마 평생 짊어져야 할 죄의식일지도 몰랐다.

혹자는 몇 사람의 희생으로 수천만 명이 좀 더 행복해질 수 있다면 당연한 희생이라 할 것이고, 또 다른 사람들은 원하지 않는 희생을 강요할 수 없다고 할 것이다.

준영은 머리를 절레절레 흔들며 상념을 털어내고자 노력했다. 어차피 벌어진 일이고 후회는 모든 일이 끝나고 하면 되는 일이었다.

"난 10년 정도 가둬놓아야 한다고 생각했는데 이만하길 다행이네요."

원래 실행하려던 계획보다는 천(天)의 기술력으로 인해 훨씬 좋은 환경이 되었다.

그러나 더 보기는 싫었다.

"다른 세 명도 이하민과 똑같은 상태인가요?"

"응, 그들은 지금 자고 있어."

"누나 말 들을걸 그랬어요. 괜히 왔어요."

"저들도 범죄자야. 들키지만 않았다 뿐이지 일반 악질범보다 더 많은 범죄를 저질렀다고. 그러니 죄책감 따윈 갖지 마."

"네네, 그냥 심란해서 그런 것뿐이에요. 그리고 제가 누굴 욕하겠어요? 저 마약왕이에요. 큭큭큭!"

어제 DD에 대한 다큐멘터리가 방송되었다.

거기서 DD를 만들고 유통하는 인물을 '마약왕'으로 표현을 했었다.

다큐멘터리의 결론은 간단했다.

기존의 마약보다 안전하고 치료제로써 마약 중독자를 구제할 수 있었지만 그래도 마약을 판다는 것은 변하지 않는 진실이며, 범죄자라는 얘기였다.

살인—인간 같지 않은 놈들이었지만—을 교사하고, 마약을 팔고, 이젠 납치까지.

'목적을 위해선 수단과 방법을 가리지 않는… 그래, 그게 나야.'

물류 창고에서 나왔다. 겨울이라 그런지 7시가 되었음에도 밖은 여전히 어두웠다.

"내가 언제부터 착했다고."

헬멧을 쓴 준영은 감정의 찌꺼기라도 뱉는 듯 중얼거리며 오토바이의 액셀을 돌렸다.

부아아아아앙!

마치 1인용 승용차처럼 생긴 오토바이는 빠른 속도로 오래

된 공장을 벗어났다.

"이제야 하나가 되었네."

준영의 뇌 영상을 보던 천(天)이 중얼거렸다.

예전에는 크게 세 가지 색으로 나뉘어져 있었는데 이젠 검은색과 주황색밖에 없었다.

그동안 갈팡질팡하던 태도를 보이던 것도 원주인의 생각과 준영의 생각이 합쳐지면서 생긴 일이었다.

삐익!

슈트에서 비프 음이 울렸다.

그러자 준영이 깨어났는데, 슈트의 권한이 천(天)에게서 준영에게로 옮겨감을 알려주는 신호였다.

천(天)은 공중에 어지럽게 떠 있던 화면들을 지우고 슈트에서 나오는 준영에게 밝은 목소리로 인사를 했다.

"잘 잤어?"

"간만에 푹 자서 그런지 오늘은 왠지 기분이 좋네요."

"그래? 아침 차려놓을 테니 얼른 씻고 와."

준영이 샤워를 하러 간 동안 천(天)은 자신의 사무실로 가 로봇이 요리해 둔 된장찌개와 몇 가지 반찬을 들고 준영의 책상 위에 올려뒀다.

"잘 먹을게요."

샤워를 마치고 돌아온 준영은 밤새 슈트에서 움직여서인지 두 그릇이나 먹고 숟가락을 놓았다.

후식으로 커피를 마시던 준영은 TV를 켰다.

…53퍼센트의 득표율로 당선된 이하민 대통령 당선자는 아침 일찍 신국민당 당사를 방문해 선거 기간 동안 고생했던 이들과 기쁨을 나누고 있습니다. 이에…

자기 전에 박빙의 대결을 벌이고 있었는데 이하민이 승리를 한 모양이었다.

준영의 입장에선 누가 되든 상관없었다.

웃음을 짓고 있는 현 야당의 이하민이나, 면목이 없다는 듯 고개를 숙이고 있는 여당의 양상희 대통령 후보나 둘 다 인조인간이었다.

잠시 TV를 보며 연신 웃음을 짓고 있는 이하민을 보던 준영은 TV를 껐다.

이제 일할 시간이었다.

헤드셋을 쓰고 천(天)이 만든 가상현실의 사무실로 들어갔다.

넓은 책상과 의자 두 개를 제외하곤 가구는 아무것도 없는 삭막한 곳. 하지만 벌써 7개월이 넘게 이곳에서 미친 듯이 일을 하는 중이었다.

뭔가가 빼곡히 붙어 있고 적혀 있는 벽으로 간 준영은 양상희의 사진을 클릭한 후 한쪽으로 치우고 이하민의 사진을 중심에 올려둔 후 클릭을 했다.

그러자 그 밑으로 수백 명의 사람들이 피라미드처럼 나타났다.

"음, 정권인수위를 어떻게 구성한다?"

미래의 대통령을 뒤에서 조종하게 된 만큼 대통령의 일까지 준영의 몫이 되었다.

물론 천(天)의 도움이 필수였지만 말이다.

"내가 보기엔 이 정도면 될 것 같은데?"

어느새 가상현실로 강림한 천(天)이 말했다. 그녀에게 지목된 사진들이 깜빡거리며 한쪽으로 모여들었다.

준영은 그들의 면면을 살피다가 고개를 흔들었다.

"너무 이하민 계열만 있어요. 저희의 목표는 분열이 아니라 화합을 통한 법 개정이에요."

준영은 비(非)이하민 계열 사람들 중 몇 명을 찍어 천(天)이 모아둔 사진이 있는 곳으로 옮기고 이하민 계열 사람들 중 몇 명을 빼냈다.

"가만! 그 사람들보다 이 사람들이 더 낫지 않아? 이 사람들이 훨씬 비리가 많아. 인수위에 있었으면 이하민이 대통령이 된 후 한자리씩 할 텐데 이왕이면 깨끗한 사람들이 더 좋잖아?"

"당연히 그렇죠. 하지만 시범 케이스가 필요해요. 그리고 총리는 현 여당 중에서 뽑을 테니까 총리가 꽂을 사람도 필요하죠."

"오호라! 비리 있는 사람들을 쓴 다음 그들의 비리를 밝히면서 개혁을 해나가겠다? 그렇다면 이 사람도 괜찮지 않아?"

"나쁘지 않네요. 일단 넣어놓죠."

두 사람은 마치 정권인수위를 떡 주무르듯 마음대로 정하고 있었다.

인수위를 정한 준영과 천(天)은 이번엔 다른 벽으로 갔다.

벽에 성심미디어, 성심테크, 성심기계 등 꽤 많은 회사 이름들이 버튼 모양 위에 적혀 있었다.

성심미디어 버튼을 누르자 벽 전체가 성심미디어 관련 화면으로 바뀌었다.

"성심미디어는 배정철 부장이 잘하고 있으니 다음 달 초에 인사 발령 내서 인사권을 먼저 줘보죠. 그리고 1년간 잘하면 그땐 성심미디어를 맡기는 것으로 할게요."

준영은 손을 움직여 배정철에 대해 자신이 말한 바를 기록했다.

그리고 배정철이 해야 할 몇 가지 지시 사항까지 적은 후에야 다음으로 넘어갔다.

한참 일하고 있는데 천(天)이 말했다.

"전화 왔어."

"어딘데요?"

"서대문경찰서."

"에? 웬 경찰서요?"

의아해하면서도 화면 귀퉁이에서 깜박거리고 있는 전화 모양의 버튼을 눌렀다.

―안녕하세요. 여긴 서울 서대문경찰서 형사과 형사 3팀의 홍영수 경위입니다. 안준영 씨 되십니까?

"수고하십니다. 제가 안준영입니다만 무슨 일인지요?"

―정미나 씨가 회사 직원 맞으시죠?

"정미나? 아! 성심미디어의 직원이죠. 한데요?"

―지금 정미나 씨가 폭행 혐의로 경찰서에 와 있는 상태입니다. 안준영 씨와 통화를 하고 싶다는데 괜찮으시겠습니까?

"…그러시죠."

정미나와는 별 사이 아니었다.

공적으로는 사장과 사원의 사이었고, 사적으로는 옥상에서 담배를 피우던 사이었다.

어이가 없기도 했고, 별 관계도 아닌 사람에게 함부로 전화할 것 같지도 않던 미나가 '왜?' 자신에게 전화를 했는지가 궁금해서 통화를 허락했다.

―…좀 와주시면 안 될까요?

경찰서에 잡혀 있어서 그런지 평소 미나의 목소리와는 많이 달랐다.

준영은 단도직입적으로 자신의 궁금함을 물었다.

"삼촌한테 전화하면 되잖아? 별로 친하지도 않은 나에게 전화한 이유가 뭐야?"

―외삼촌은 해결 못 할 일이거든요. …바쁘시면 어쩔 수 없고요. 한동안 회사엔 못 나갈 것 같아요.

아무래도 목소리가 이상했다. 마치 입이 부어 제대로 말을 못 하는 듯한 느낌.

"화상 전화로 돌려봐."

—…됐어요. 그냥 못 들은 걸로 하세요.

뚝!

그냥 끊기는 전화. 준영은 어이가 없었다.

그래서 직접 방금 온 전화번호로 화상 전화를 걸었다.

우락부락한 사내가 전화를 받았다.

—예, 형사 3팀 홍영수 경위입니다.

"저 방금 전에 전화한 안준영이라고 합니다. 죄송합니다만 정미나 얼굴 좀 비춰주시겠습니까?"

—네? …네, 잠시만요.

홍영수가 전화기의 카메라 방향을 정미나에게 돌리는 순간 말투가 왜 이상했는지 알 수 있었다.

"…금방 가죠. 변호사와 함께 갈 테니 그동안 그 애 얼굴이나 좀 치료해 주시죠."

전화를 끊은 준영은 곽용호 변호사에게 전화를 걸어 서대문 경찰서로 와달라고 부탁한 후 바로 출발했다.

4장

미나와 친구들

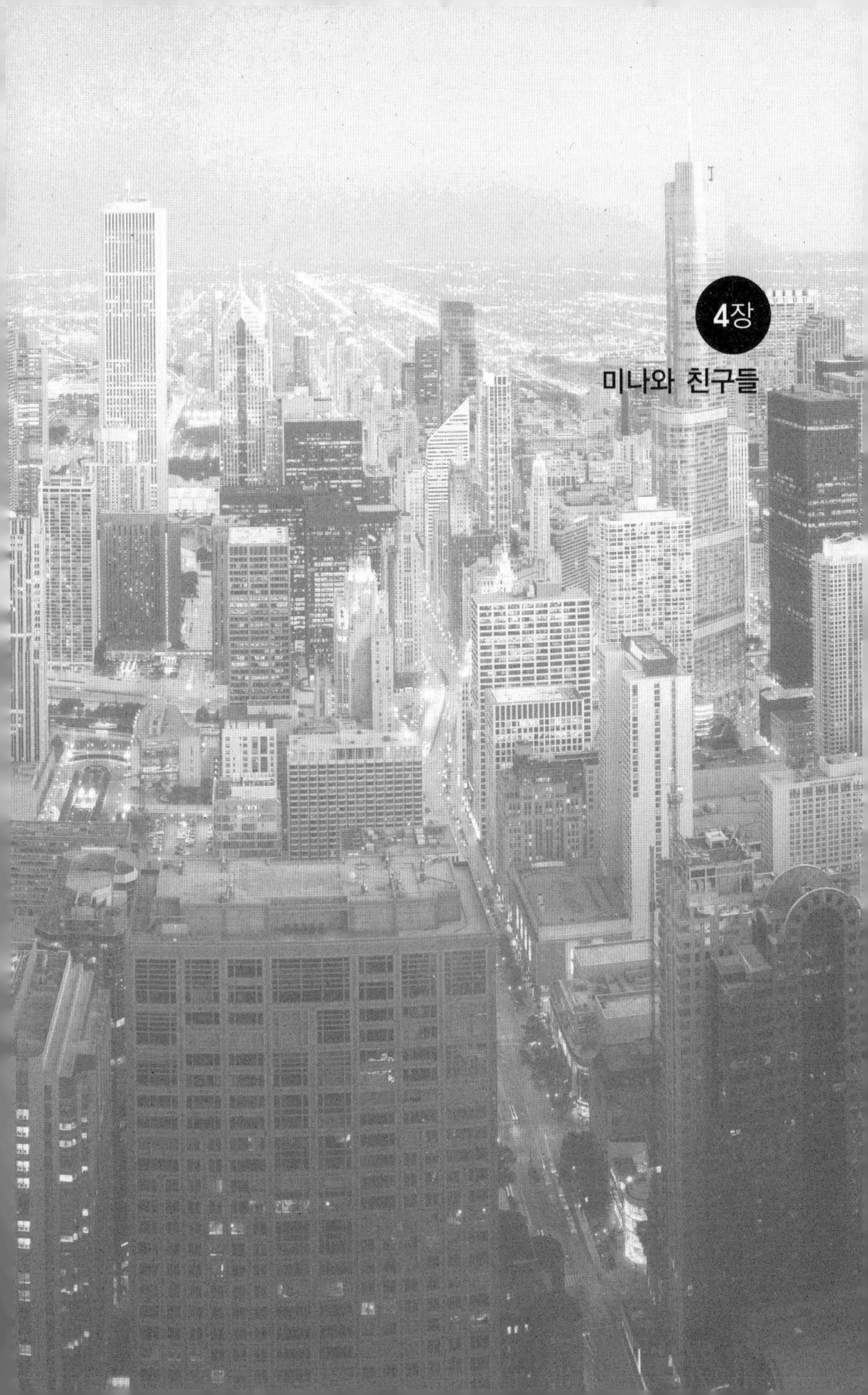

미나는 오랜만에 고등학교 친구들과 신촌에서 만나기로 했다.

약속 장소인 백화점 앞은 지하철 입구에 있었기에 많은 사람들로 붐비고 있었다.

"미나야!"

소리가 나는 쪽을 돌아보니 5개월 전에 볼 때와 달리 파마머리에 유행하는 털모자를 쓴 진희가 환한 얼굴로 손을 흔들고 있었다.

"잘 지냈어?"

자신도 모르게 미소를 지은 채 다가가자 진희가 살갑게 다가와 물었다.

"응, 근데 넌 점점 예뻐진다?"

진희에게 최근 대학생 남자 친구가 생겼다는 얘기를 그나마 자주 통화하는 윤주에게 들었었다.

그래서일까 옅은 화장에 얌전을 떠는 모습이 살짝 낯설기까지 했다.

"여자는 사랑을 하면 예뻐진다잖아."

"미친년. 남자가 미용실 직원이라 매일 관리해 주냐?"

"깔깔깔! 넌 도대체 변한 게 없니? 근데 너, 살 좀 찐 거 같다? 아직도 격투기 하는 거야? 기집애, 격투기 그만해. 그래 가지고 결혼이나 할 수 있겠니?"

"냅 둬. 그냥 이렇게 살란다."

고등학교 다닐 땐 자신의 앞에서 말도 제대로 하지 못하던 진희였다. 하지만 졸업을 하고 사회생활을 시작하자 이젠 약점도 제법 쿡쿡 잘 찔렀다.

하지만 기분이 나쁘기보단 오히려 좋았다.

당시는 친구라기보다는 보호자 같은 기분이었는데 지금은 친구라는 생각이 들어서였다.

"참, 오늘 내 남자 친구 보여줄게. 내가 친구들 만나러 간다니까 맛있는 거 사준다고 온다더라."

"…대학생이 무슨 돈이 있다고 얻어먹냐?"

"괜찮아. 센스 있는 내가 보태면 돼. 어! 저기 윤주 왔다. 윤주야!"

약속 시간이 가까워지자 윤주와 미경이 순서대로 도착을 했고 넷은 분위기 좋다는 카페로 자리를 옮겼다.

커피와 먹기에 아까울 정도로 예쁜 디저트를 시키고 수다를 떨었다.

회사와 격투기 도장만을 왔다 갔다 하는 미나는 할 말이 없었지만 다른 세 사람은 연신 말을 토해내고 있었다.

남자가 그러하듯이 네 여자도 이야기의 종착역은 남자 이야기였다.

"…다른 건 다 괜찮은데 너무 마마보이더라고. 어쨌든 모텔에 들어가려는데 지 엄마한테 전화하는 거 보고 그냥 헤어지기로 했어. 아마 들어갔어도 어느 자세로 해야 하는지까지 전화로 물어봤을걸?"

미경의 말에 다들 배꼽을 잡고 깔깔거렸다.

"웃긴다. 무슨 남자가 그러니?"

"내 말이. 한데 미나는 남자 친구 없어?"

미경이 화살을 미나에게로 돌렸다.

남자 친구라는 말에 문득 한 명의 얼굴이 떠올랐다.

잘생기지도 않았고 웬만한 남자만큼 훤칠한 키를 가진 것도 아니지만 왠지 모르게 끌리는 남자.

하지만 자꾸 떠오르는 남자의 얼굴을 애써 지웠다. 자신과는 맞지 않는 남자였다.

아니, 맞지 않는 게 아니라 넘볼 수 없는 상대였다. 돈도 돈이지만 옆에 자신과 비교도 할 수 없을 만큼 눈부시게 아름다운 여자가 24시간 붙어 다녔다.

"…응, 없어."

"화장도 하고 좀 가꿔봐. 아마 그럼 남자들한테 인기가 많을 걸? 네가 우리 중에 제일 예쁘잖아."

"남자에 관심 없어. 지금은 격투기가 제일 좋아."

"왜 하필 격투기야? 예쁜 얼굴 다 망가지게."

"글쎄……."

애써 지웠던 남자가 다시 나타나 멋진 포즈로 자신을 향해 발 차기를 하고 있었다.

'나쁜 놈!'

미나는 애꿎은 케이크를 포크로 마구 찍었다.

진희의 남자 친구가 온 것은 새롭게 유행하는 패밀리 레스토랑으로 옮긴 후였다.

얼굴은 평범했지만 훤칠한 키에 웃을 때 반달처럼 휘어지는 눈이 매력적인 남자였다.

게다가 착한 건지 숙맥인지 모르지만 여자들의 짓궂은 장난에 당황하는 모습이 미나에겐 좋게 보였다.

음식 값에 일정 금액을 더하면 맥주까지 무한 리필이었기에 일행은 한참 동안 그곳에서 수다를 떨며 재미있는 시간을 보냈다.

모임이 거의 끝나갈 때쯤 미나는 먼저 자리에서 일어나 계산을 했다.

평소에 별로 돈 쓸 일이 없기도 했지만 올해 생각지도 못한 연말 보너스가 듬뿍 나와 친구들에게 뭐라도 사 주고 싶었다.

"기집애, 우리가 산다니까……."

"제가 내려고 했는데……."

진희와 그녀의 남자 친구가 한마디씩 했지만 미나는 그저 웃어 보이며 밖으로 나왔다.

진희의 남자 친구가 그냥 가기 미안했는지 한마디 했다.

"노래방에 가요. 이번엔 저희가 낼게요."

"그래요."

미나는 노래방을 좋아하지 않았다. 고등학교 때도 간혹 갔는데 MoB 노래 한 곡 부른 다음엔 그저 박수를 치며 분위기를 맞춰줬을 뿐이었다.

하지만 거절하면 안 될 것 같았기에 흔쾌히 허락했다.

노래방으로 가는 길. 주말이라 거리엔 많은 사람들이 북적이고 있었다.

그런데 앞에 가던 사람들이 빠르게 좌우로 비켜서고 있었다.

갑자기 뻥 하고 뚫린 길 가운데로 건들거리는 일곱 명의 청년들이 다가오고 있었다.

"뭘 야려! 킬킬킬!"

비켜서는 사람들을 비웃으며 미나의 일행 쪽으로 다가오는 그들은 연인으로 보이는 이들을 위협하면서도 그게 재미있는지 킬킬대고 있었다.

미나 일행도 한쪽으로 비켜섰다.

양아치들은 피하는 게 상책이었다. 하지만 여자가 넷이나 있어서일까 지나치던 한 녀석이 이죽댔고 양아치들의 걸음이 멈췄다.

"어, 사 대 일이야? 남자를 아예 죽일 생각인가 본데?"

"큭큭큭! 남자도 비리비리해 보이는데 나 어떠냐? 난 사 대 일도 충분한데?"

"지랄을 한다. 이 새끼는 신경 쓰지 말고 나랑 놀자."

분명 시비를 거는 것이었다. 그러나 여기서 괜히 말을 붙여 봐야 더 좋아 날뛸 게 분명했다.

"무시하고 빠져나가."

애들에게 낮게 중얼거린 미나는 둘러싼 양아치들의 한쪽을 뚫으며 나가려고 했다.

한데 윤주가 새파랗게 질린 얼굴로 더듬거리며 말했다. 게 다가 심하게 몸을 떨고 있었다.

"…이, 이 자식들이야."

미나는 윤주가 하는 말을 금세 알아들었다.

고등학교 때 가출을 했었던 윤주와 진희는 험한 일을 당했 었다.

보도들에게 잡혀 웬 남자들을 상대했어야 했는데, 미나와 친구들이 보도라는 말만 들어도 치를 떠는 이유이기도 했다.

"얘네들이라고?"

"…저, 저기… 세 명."

윤주가 가리키는 곳에는 양아치 무리 중 가장 앞에 걷던 이 들이 있었다.

한데 윤주의 손가락질을 받은 양아치 중 한 명이 윤주의 반

웅에 이상함을 눈치챘다.

"오호! 우리를 아는 건가? 난 잘 모르겠는데 어디서 만났는지 알 수 있을까? 표정을 보니 꽤 좋았던 것 같은데……."

혀로 윗입술을 핥으며 뱀 같은 눈으로 윤주를 바라보는 양아치를 본 순간 미나는 두 손을 꽉 쥐었다.

빠져나갈 수 없었다. 아니, 그냥 갈 수가 없었다.

격투기를 배우고 있다곤 하지만 제법 놀았을 건장한 남자 일곱 명을 상대하기는 힘들었다.

가능성을 높이는 방법은 두 가지.

선빵과 잔인함이었다.

윤주의 얼굴을 만지려는 놈의 무릎을 향해 로우 킥을 날렸다.

빠악!

긴장을 하고 있을 때라도 무릎을 잘못 맞으면 부러지기 십상이었다. 한데 윤주를 희롱하느라 긴장감 없이 서 있던 양아치의 다리가 전혀 엉뚱한 방향으로 꺾여 버렸다.

일순 모든 것이 정지된 듯 침묵이 흘렀다. 그리고…

"으아아아아악!"

비명 소리가 또 다른 시작을 알렸다. 가장 먼저 움직인 것은 역시나 미나였다.

아직까지 무슨 일이 일어났는지 판단을 못 하고 있는 다른 양아치에게 다시 로우 킥을 날렸다.

퍼억!

무릎을 노렸는데 놈이 움직이는 바람에 허벅지에 맞았다. 그러나 허벅지도 아픔을 느끼는 곳이었다.

"악! 이 씨……."

허벅지를 맞고 하체에 힘이 풀려 바닥에 주저앉은 놈이 욕을 하려 했다. 하지만 이어서 날아오는 팔꿈치를 맞고 정신을 잃어야 했다.

"이년이!"

정신을 차린 다섯 명과의 싸움은 처음 두 명을 쓰러뜨릴 때와는 달랐다.

가장 먼저 정신을 차린 양아치의 주먹질에 미나는 얼굴을 맞았지만 눈을 감지 않았다. 그리고 바로 반격에 나섰다.

잽을 날리며 턱을 노렸다. 그러나 이미 날뛰기 시작한 양아치들은 생각보다 강했다.

엎치락뒤치락 오 대 일의 대결이 시작되었다.

친구들과 진희의 남자 친구가 거들지 않으면 진즉에 쓰러졌을 것이다.

한 명 한 명 차례대로 쓰러뜨리던 미나는 눈이 부어서 흐릿하게 보이는 마지막 놈을 향해 주먹을 뻗었다.

퍼억!

턱과 귀 사이를 노렸는데 이에 맞았는지 미나의 주먹이 길게 찢어졌다.

"하악! 하악!"

하얀 입김을 내뱉으며 거칠게 숨을 쉬는 미나의 발밑으로 일곱 명의 양아치들이 바닥을 뒹굴고 있었고 멀리서 경찰차 사이렌 소리가 점점 가까워지고 있었다.

"…이 세 놈이라고?"

아까 윤주가 손가락으로 가리킨 세 놈에게 다가간 미나는 경찰이 도착하기 전에 다리와 다리 사이를 한 방씩 찼다.

형사 3팀이 있는 3층은 많은 사람들로 붐비고 있었는데, 올라가자마자 찢어질 듯한 고성이 준영을 반겼다.

"이 미친년아! 니가 때린 애가 어떤 앤 줄 알아! 감히 네까짓 게 손댈 애가 아니란 말이야!"

"아주머니, 진정 좀 하세요!"

"내가 지금 진정하게 생겼어요! 왜! 왜 애를 이 지경으로 만들어 놨냐고!"

홍영수 경위 앞에는 여러 명이 앉아 있었는데, 그중 한 아주머니가 미나의 머리를 핸드백으로 마구 치면서 소리를 지르고 있었다.

준영은 그저 고개를 숙인 채 맞고 있는 미나를 보며 살짝 인상을 쓰곤 그 아주머니에게 다가갔다.

"아줌마, 아줌마는 뭔데 애를 때리고 있는 겁니까?"

"당신은 또 뭐예요!"

한참 화를 풀고 있는데 말쑥하게 차려입은 남자가 다가와 자신에게 인상을 쓰는 모습에 아주머니는 화가 나 외쳤다.

한데 남자는 자신을 무시하고 홍영수 경위를 향해 소리쳤다.

"이봐요, 홍영수 경위님!"

"네?"

"당신은 뭐하는 사람입니까! 피해자가 아무 상관도 없는 사람한테 맞고 있는데 그걸 그냥 보고만 있어요?"

"그, 그게……."

누구냐고 묻고 싶었지만 입고 있는 옷이나 소리치는 태도를 보니 함부로 대할 상대가 아닌 것 같았다. 게다가 남자의 말이 옳은 말이었기에 변명의 여지가 없었다.

그때 아주머니가 인상을 쓰면서 준영에게 말했다.

"이봐요! 당신이 뭔데 나서는 거예요? 우리 애 아빠가 누군지 알아요?"

준영은 어이가 없었다. 그래서 아주머니보다 더욱 인상을 구기며 말했다.

"아줌마! 당신은 애 회사 사장이 누군지 알아요?"

"……?"

"접니다!"

"하아……?"

"애를 이 지경으로 만들어놓고 쓸데없는 집안 배경과 돈지랄로 입막음 할 생각이라면 안 하는 게 좋아! 나도 충분히 배경 있고 돈도 있는 놈이니까!"

준영이 워낙 강경하게 나오자 시장처럼 시끌벅적하던 3층이 일순 조용해졌다.

그때 양복에 얇은 금테 안경을 쓴 중년인이 앞으로 나서며 말했다.

"누구신지 모르겠지만 말은 똑바로 하셔야겠습니다. 저 아가씨가 가해자입니다."

"…당신은 누구시죠?"

준영이 보기엔 딱 변호사였다. 그러나 대응을 하려면 누구의 변호사인지는 알아야 했다.

"신&박 법무 법인에서 나온 피해자 측 변호사인 장덕배입니다."

"아, 신&박이라면 우리나라 대표적인 로펌이군요. 전 피해자인 정미나의 회사 사장인 안준영입니다."

"안 사장님이셨군요. 한데 조금 전에도 말씀드렸다시피 정미나 씨가 가해자입니다."

"누가 그걸 정했는데요?"

"네?"

"피해자인지 가해자인지 누가 정했냐고요? 홍영수 경위님, 지금 모든 수사가 끝난 상태입니까?"

"…아닙니다. 지금 조사 중입니다."

홍영수의 말을 들은 준영이 장덕배 변호사를 보며 말했다.

"그렇다는데요?"

"하지만 저희 의뢰인 중에는 병원에서 고환 파열로 긴급 수술을 받은 사람도 있습니다."

"같은 남자로서 심심한 위로를 표합니다. 하지만 그렇다고 해서 가해자로 몰기엔 그렇지 않을까요?"

"무릎이 완전히 부러진 친구도 있습니다."

"…차지게도 팼군."

"네?"

"아무것도 아닙니다. 누군가가 죽지 않은 이상, 아니, 설령 죽었다고 해도 아직 가해자가 누구인지는 검찰의 결정이 날 때까지는 모르는 일입니다. 아! 저기 저희 쪽 변호사가 왔네요. 저분과 얘기 나누세요."

헐레벌떡 달려온 곽용호에게 장덕배를 맡기고 준영은 아직까진 가해자가 아닌 미나 옆에 앉았다.

그리고 고개를 숙인 채 가늘게 떨고 있는 미나의 손을 잡았다.

"걱정 마. 잘 해결될 테니."

준영은 천(天)이 말해주는 상대 아이들의 정보를 들으며 미나를 향해 방긋 웃어주었다.

*   *   *

유전무죄 무전유죄.

오래전부터 사람들의 입에서 오르내렸고 나라의 법이 무너졌음을 말할 때 인용되어 온 말이지만 이제는 당연하다는 듯 받아들여지고 있는 일이기도 했다.

돈으로 변호사를 사고 피해자를 매수하며, 그마저도 여의치 않으면 힘으로 사실을 거짓으로 만들기까지 하는 현실.

준영은 미나의 폭행 사건을 계기로 법에 대해서도 다시 보게 됐다.

"정말이지 이 나라는……."

세계적으로 보면 대한민국이 나쁜 평가만을 받는 나라는 아
니다. 하지만 다수가 삶에 허덕이다 보니 침묵을 지키고 있을
뿐이지 썩은 부분이 많긴 많았다.

이번 일만 봐도 그랬다.

미나에게 당한 일곱 명 중 리더 격인 세 명은 '강남구 세 또
라이' 라 불리며 중학교 때부터 수많은 범죄를 저질러 왔지만
지금까지 단 한 번도 처벌다운 처벌을 받은 적이 없었다.

그들이 미성년자라는 점보다는 그들의 부모가 국회의원, 중
견 기업 사장, 검사 아들이라는 점이 수많은 범죄를 저지르고
도 지금까지 무사한 이유일 것이다.

심지어 그들에게 당한 억울한 사연들이 인터넷 포털 사이트
에도 올라와 있었지만 사람들의 주목을 받지 못하게 내려진
흔적까지 천(天)이 찾아냈다.

그들의 범죄 내용을 살피던 준영이 허탈한 듯 중얼거렸다.

"한국만 그런 게 아냐. 세계적으로 보면 아주 흔한 일에 불
과해."

천(天)의 위로는 전혀 위로가 되지 못했다.

"법은 무슨 일이 있어도 바로 서야 해요."

"당연히 그래야지. 하지만 자신의 자식이 감옥에 가게 될 상
황에서 힘이 있다면 어느 부모가 보고만 있겠어? 나라고 해도
네가 그런 상황이라면 무슨 수를 써서라도 빼낼 거야."

인간보다도 더 인간다운 소리를 하는 천(天).

"고맙지만 혹 제가 세상의 지탄을 받아야 한다면 그대로 벌을 받게 놔두세요."

준영의 말은 진심이었다.

물론 들키지 않을 자신도 있었다.

그러나 세상일이란 모르는 일. 만약에 범죄 사실이 밝혀지고 벌을 받아야 한다면 기꺼이 법의 심판에 따를 생각이었다.

대한민국을 좀 더 나아지게 만들기로 한 이상 법은 만인에게 평등해야 했다.

"의외로 고지식한 면이 있었네?"

혼자 잘살기로 했다면 '세 또라이' 못지않게 법을 이용할 수 있을 만큼 이용하며 살았을 것이다.

"누나가 그렇게 프로그램화시킨 걸 어쩌겠어요."

"난 아니거든!"

막상 현실이 된다면 빠져나오고 싶을지도 모르는 일이었기에 더 이상 확실하지 않은 미래에 대해 왈가왈부할 필요는 없었다.

지금은 그저 미나의 일을 해결하고 이 나라의 법이 좀 더 만인에게 평등하게 적용되도록 만들어야 했다.

경제적인 면에 이어 법적인 면까지 생각하려니 일은 더욱 늘어날 수밖에 없었다.

하지만 시기만 앞당겨졌을 뿐 어차피 할 일이었다.

미나의 일을 맡고 있는 곽용호 변호사가 찾아왔다.

보아하니 소파에 앉아 굳은 얼굴을 하고 있는 것이 일이 쉽게 풀리지 않는 모양이었다.

"미나 씨는 도무지 말이 통하지 않더군요. 자신이 벌을 받아야 할 상황이라고 분명히 말을 했음에도 요지부동입니다. 친구의 과거가 밝혀질 바에야 자신이 벌을 받는 편이 낫겠다고……."

쉬울 것이라 생각했던 '세 또라이'들에 대한 문제는 의외로 어렵게 진행되고 있었다.

인터넷에 오른 내용을 보고 막상 피해자를 찾아갔지만 이미 오래전에 그들과 합의를 마친 상태였다.

그래서 미나 친구들의 일을 공론화시켜 숨겨진 피해자를 찾으려고 했지만 미나의 반대에 그마저도 힘들어진 상태였다.

싫다는 사람을 굳이 구해주고 싶지는 않았지만 일단 손댄 일을 찝찝하게 넘어가기는 싫었다.

"제가 만나서 설득해 보죠."

"쇠고집이라 쉽지 않을 겁니다."

"안 되면 손을 떼면 되는 일입니다. 일단 제가 말씀드릴 때까지 상대편 부모들과의 연락은 미뤄주십시오."

"알겠습니다."

곽 변호사와 헤어진 준영은 미나의 친구들을 먼저 만났다. 그리고 그다음에야 미나를 찾아갔다.

사건 이후 준영의 보증으로 구치소행은 면했지만 자신을 귀찮게 만든 것에 대한 가벼운 벌은 내려야 했다.

사건이 해결될 때까지 집에서 자숙하라는 의미로 대기 발령을 시켰다.

한데 장안동의 다세대주택 옥탑에 살고 있는 미나의 집을 찾았을 땐 자숙이라기보단 운동을 할 시간을 준 것 같은 느낌을 받았다.

미나는 추운 날씨에도 불구하고 땀까지 흘릴 정도로 열심히 운동 중이었다.

"쯧! 또 누굴 패려고 그렇게 운동 중이야? 자숙하라는 말 못 들었어?"

"…이게 자숙인데요."

하여간 한마디도 지지 않는다.

하지만 어차피 농담으로 한 말이었기에 준영은 더 이상 자숙의 의미에 대해선 말을 하지 않았다.

"조만간 네가 팬 애들의 부모를 만나기로 했어. 그래서 그전에 너와 상의할 일이 있어 왔어."

"그 얘긴 이미 변호사님에게 말씀드렸는데요?"

샌드백에 원한이 있는지 말을 하면서도 손발은 쉬지 않고 샌드백을 때리고 있었다.

준영은 미나의 행동에 개의치 않고 말을 이었다.

"들었어. 한데 정말 친구들을 위해 너 혼자 인생을 망치겠다는 거야?"

"제가 과하게 손을 쓴 건 사실이니까요."

"알긴 아네. 궁금해서 묻는 건데 솔직히 네가 당한 일도 아니었는데 왜 그렇게 과하게 손을 쓴 거지? 정당하게 쓰러뜨렸으면 그걸로 충분하지 않았어?"

샌드백을 때리던 미나의 손이 처음으로 멈췄다. 그리고 돌아서는 그녀의 얼굴엔 분노가 담겨져 있었다.

"그 애들이 그런 일을 당하고 얼마나 힘든 시간을 보냈는지 사장님은 모르실 거예요. 만일 사장님의 가족 중에서 그런 일을 당한다면 사장님은 어땠을 것 같아요?"

이해하기 쉬운 예제였다.

준영이라면 죽지도 살지도 못하게 평생 고통 속에서 살게 만들었을 것이다.

"친구들이 너에게 가족이라는 소리구나? 으~ 춥다. 적당히 운동도 마친 것 같은데 안에 들어가서 얘기할까?"

준영은 몸을 부르르 떨며 옥탑방 안으로 들어가려는 시늉을 했다.

"어, 어딜 들어가는 거예요!"

미나는 화들짝 놀라며 달려와 문 앞을 막아섰다.

"왜? 집 안에 쓰레기라도 잔뜩 쌓아놓고 사는 거냐?"

"아니거든요! 다만… 자, 잠깐 기다리세요."

운동을 한 직후여서인지 부끄러워서인지 모르지만 살짝 붉어진 얼굴로 먼저 집 안으로 들어간 미나는 잠시 뒤에 들어오라고 했다.

안으로 들어가자 한 사람이 움직일 만한 부엌 겸 거실이 나왔고 왼쪽으로 적당한 크기의 방이 있었다.

미나의 이미지와 달리 방은 아기자기하고 여성스럽게 꾸며져 있었다.

"깨끗하네."

미나가 깔아둔 방석에 앉으며 '예상외로'라는 말은 빼고 담담히 소감을 말했다.

"…마실 거 드려요?"

"따뜻한 거라면 어떤 거라도 괜찮아."

옥탑이라 그런지 방에 들어왔지만 바깥보다 오히려 춥게 느껴져 따뜻한 것이 필요했다.

"음……."

미나가 차를 끓이기 위해 간 사이 딱히 눈 둘 곳이 없어 방의 이곳저곳을 바라봤다. 그러다 문득 침대 옆 화장대 위에 놓인 사진에 시선이 머물렀다.

대부분이 지난 5월에 있었던 성심미디어 춘계 체육대회 때의 사진들이었다.

즐거웠었던 한때의 사진을 미나의 집에서 보고 있자니 왠지 느낌이 새로웠다.

"제대로 나오지도 않은 사진을 왜 뽑아 둔 거지?"

초점도 흔들리고 구도도 별로 좋지 않은 사진이 예쁜 사진 틀에 장식된 것이 이상한 준영이었다.

하지만 곧 사진에서 한 사람만이 초점도 흔들리지 않고 잘 나왔음을 알아챘다.

바로 자신이었다.

"설마?"

그러고 보니 모든 사진에 자신이 있었다. 하지만 곧 준영은 부정했다.

"에이, 아니겠지. 그날 얼마나 많은 사진에 찍혔는데."

자신만 보면 새우 눈을 뜨고 무뚝뚝한 말투를 내뱉는 애가 자신을 좋아할 리가 없다는 게 준영의 생각이었다.

"뭐가 아니라는 말이에요?"

커피를 타서 방으로 들어오던 미나가 혹시 이상한 짓이라도 했다고 생각하는지 눈을 흘기며 물었다.

"아무것도 아냐."

미나가 건네는 커피를 한 모금 마신 준영은 아까 하다 만 얘기를 다시 꺼냈다.

"공론화시키는 것이 너에게도 네 친구들에게도 유리할 거야."

"아까도 말씀드렸지만 싫어요. 제가 저지른 일이니 제가 책임지고 처벌을 받겠어요."

"너만 처벌 받을 것 같지? 아냐, 네 친구들도, 네 친구의 남자 친구도 처벌을 받게 될 거야."

"그들은 딱히 때리지 않았으니 가벼운 벌금형 정도겠죠."

미나도 알아볼 만큼 알아봤는지 지지 않고 말했다.

"넌 어쩌고?"

"……."

시선을 돌린 채 차를 마시는 모습을 보니 멋있다는 생각보다 어리석다는 생각이 들었다.

"가볍게 생각하지 마. 저쪽은 살인미수로 몰고 갈 생각이야. 잘못되면 네 인생, 완전히 망가질 수도 있어."

"상관없어요."

곽 변호사가 미나라면 고개를 흔들던 이유가 있었다.

"그래서 네 모든 걸 내버려서라도 네 친구들의 과거를 덮어두겠다고?"

반복적인 말에 지쳤는지 미나는 말도 하지 않고 고개만 끄덕였다.

마치 남의 일처럼 행동하는 미나의 태도에 나름 마음의 준비를 하고 왔음에도 인상을 썼다.

하지만 화를 내지도, 더 이상 설득의 말도 하지 않았다. 애초에 미나를 설득하러 온 것이 아니었다.

호주머니에 있던 스마트폰을 꺼내 화면을 바라보며 말했다.

"미나의 생각이 이렇다는데 너희들 생각은 어때?"

스마트폰 화면에는 미나 친구들의 얼굴이 비춰지고 있었다.

그들은 미나의 말을 처음부터 모두 듣고 있었는데, 미나의 마음 씀씀이에 먹먹했는지 눈물을 흘리고 있었다.

그리고 그중 한 명이 눈물을 훔치며 말했다.

―사장님 말씀대로 경찰에 저희가 입은 피해에 대해 신고를 할게요.

준영은 곽 변호사의 말을 들었을 때부터 고집 센 미나를 설득할 마음이 없었다.

준영은 미나의 친구들을 설득하기 위해 통화 중으로 전화기를 둔 채 미나를 만나러 온 것이다.

"변호사가 찾아갈 거야. 너희들의 신분에 대해서는 언론에 흘러가지 않도록 최선을 다할게."

—…신경 써주셔서 감사합니다.

결정된 이상 바로 시작하는 것이 좋았다.

준영은 아예 못을 박듯이 말한 후 전화를 끊었다.

"제가 아닌 친구들을 설득하기 위해 일부러 찾아왔군요?"

"응, 니 고집이 어디 보통이어야지."

"도대체 왜 이러는 거죠? 제가 처벌을 받겠다잖아요!"

미나가 화를 내며 소리쳤다. 그러나 그런 미나를 바라보는 준영의 눈은 싸늘하기만 했다.

"멍청한 소리 하지 마. 그깟 우정 때문에 인생을 망치겠다고? 그래! 니 인생 니 마음대로 살든 말든 상관없어. 하지만 그럴 생각이었으면 나에게 전화를 걸지 말았어야지."

"그건……."

"그리고 지금 이 문제가 너 하나 감옥에 간다고 해결될 일 같아? 고환이 터지고 다리가 부러진 놈들이 퇴원을 한 후에 과연 가만히 있을까? 아니, 그 부모들이 평생 너와 네 친구들을 괴롭힐지도 몰라."

"……"

"죄를 지었으면 죄 값을 확실하게 치르도록 해야지. 그리고 밟으려면 확실하게 밟아야 뒤탈이 없는 법이야."

미나가 걱정하는 바를 준영도 어느 정도 짐작하고 있었다. 분명 친구의 남자 친구에게 과거의 일이 밝혀질까 두려워 자신이 뒤집어쓰려고 했을 것이다.

마음은 예뻤지만 어리석은 행동이었다.

몇 마디 더 쏘아주려던 준영은 고개를 숙이고 있는 미나가 안쓰러웠다.

"친구들 걱정은 하지 마. 최대한 실명과 얼굴이 공개되지 않도록 할 테니까. 그리고 여자 친구의 아픈 과거를 이해하지 못하는 남자 친구라면 하루라도 빨리 헤어지는 편이 나아. 마지막으로 한마디 더 하자면 제발 스스로를 아껴. 아무리 친구를 위한다지만… 별로 좋은 모습은 아냐."

지금까지완 달리 부드러운 목소리로 말했다.

"…잘 부탁드리겠습니다."

미간을 좁힌 채 한참을 생각하던 미나는 결국 고개를 숙이며 정중히 부탁을 했다.

부모는 자식의 거울이라는 말이 있듯이 '세 또라이' 들이 누구를 보고 배웠는지 그들의 부모를 보니 알 만했다.

그나마 사회적 지위가 있어서 말투가 점잖았기에 망정이지 아니었으면 당장 욕을 한 바가지 퍼붓고 자리에서 일어났을 것이다.

"그러니까 안준영 씨의 말은 한쪽 고환이 터져 2세를 걱정해야 하고 다리가 부러져 몇 개월간은 목발을 짚고 다녀야 하는 애들이 가해자라는 말씀이군요?"

남자들의 부모 중 대표인 듯한 국회의원이 입꼬리를 한쪽으로 올리고 기가 찬 듯 말했다.

"가해자라고 말한 건 아닙니다. 다만 사건이 어떻게 일어났는지를 명확히 하자는 거죠. 그리고 고환이 한쪽만 있다고 2세를 못 가지는 건 아닙니다. 또한 치료비와 위로금은 충분히 드리겠습니다."

"당신 눈에는 위로금 따위를 바라고 이러는 것으로 보이는 거요? 그까짓 돈 필요 없고 내 아들 고환 터뜨린 그년… 험! 그 아가씨가 법적인 처벌을 받길 원하오!"

중소기업 사장인 아버지가 펄펄 뛰었다.

"당연히 그 부분에 대해선 미나 양의 치료가 어느 정도 되면 검찰에서 알아서 하겠죠."

"그 아가씨가 멀쩡히 돌아다니는 걸 우리가 모르는 줄 아는 거요?"

증거자료라도 되는 듯 멀쩡한 모습으로 슈퍼마켓을 오가는 미나의 사진을 검사 아버지가 테이블 위로 던져 보였다.

"그렇습니까? 그렇다면 검찰에 출두하라고 말해놓겠습니다. 참! 근데 그거 아십니까?"

"뭘 말이요?"

"여러분이 가해자라고 부르는 아가씨들이 오늘 경찰로 가기로 했다는 사실 말입니다."

"그게 무슨……?"

"예전에 강남에 놀러 갔다가 세 명의 남자들에게 흉한 꼴을 당한 모양입니다. 한데 공교롭게도 그 세 명을 우연히 신촌에 만나게 되었죠. 또다시 위험에 처할 뻔했는데 다행히도 조금 강한 친구가 있어서 위기를 모면했다더군요."

"……!"

준영의 말을 못 알아들은 사람들은 아무도 없었다.

"그, 근거 없는 일로 경찰에 신고를 한다면 명예훼손과 무고죄로 더 큰 벌을 받을 수가 있을 거요."

"무고하다면 거짓 신고를 한 사람이 벌을 받아야겠죠. 하지만!"

준영은 말을 끊고 자신의 자식이 피해자라고 말하는 부모들을 한 명 한 명 바라보며 말을 이었다.

"만약 사실일 경우 가해자로 하여금 어떤 경우라도 반드시 법의 심판을 받게 할 생각입니다."

합의를 위해 모인 자리였다.

가해자 측인 준영이 고개 숙여 사과를 하면 비웃어주고 절대 합의해 주지 않기로 부모들끼리 얘기를 해뒀었다.

한데 웃기게도 오자마자 사과는커녕 미나 측이 피해자라며 에둘러 말해 분노케 하더니 이번엔 한 술 더 떠 협박을 하고 있었다.

하지만 세 또라이의 부모뿐만 아니라 나머지 네 사람의 부모도 준영의 말에 아무 말도 하지 못했다.

그동안 그들 자식의 행실이 어땠는지는 누구보다도 그들이 잘 알기 때문이었다.

"험! 하루아침에 해결되기엔 서로 간의 오해가 많은 것 같으니 오늘은 이 정도만 하죠."

"그렇게 하는 게 좋을 것 같군요."

눈치 빠른 국회의원이 다른 부모들과 눈빛을 교환하더니 자리를 파할 뜻을 내비쳤고 검사가 동의하며 자리에서 일어나자 일제히 따라 일어났다.

"다음에 다시 얘기하기로 합시다, 안 사장."

지금까지는 호칭이 '안준영 씨'였다가 이제는 '사장'이 된 것이다.

"그럴 기회가 있다면요."

더 이상 준영이 나설 일은 없을 것이다.

이제 국민과 국가의 법이 자식을 잘못을 덮으려고만 했던 저들과 그 빌어먹을 자식들을 벌할 것이다.

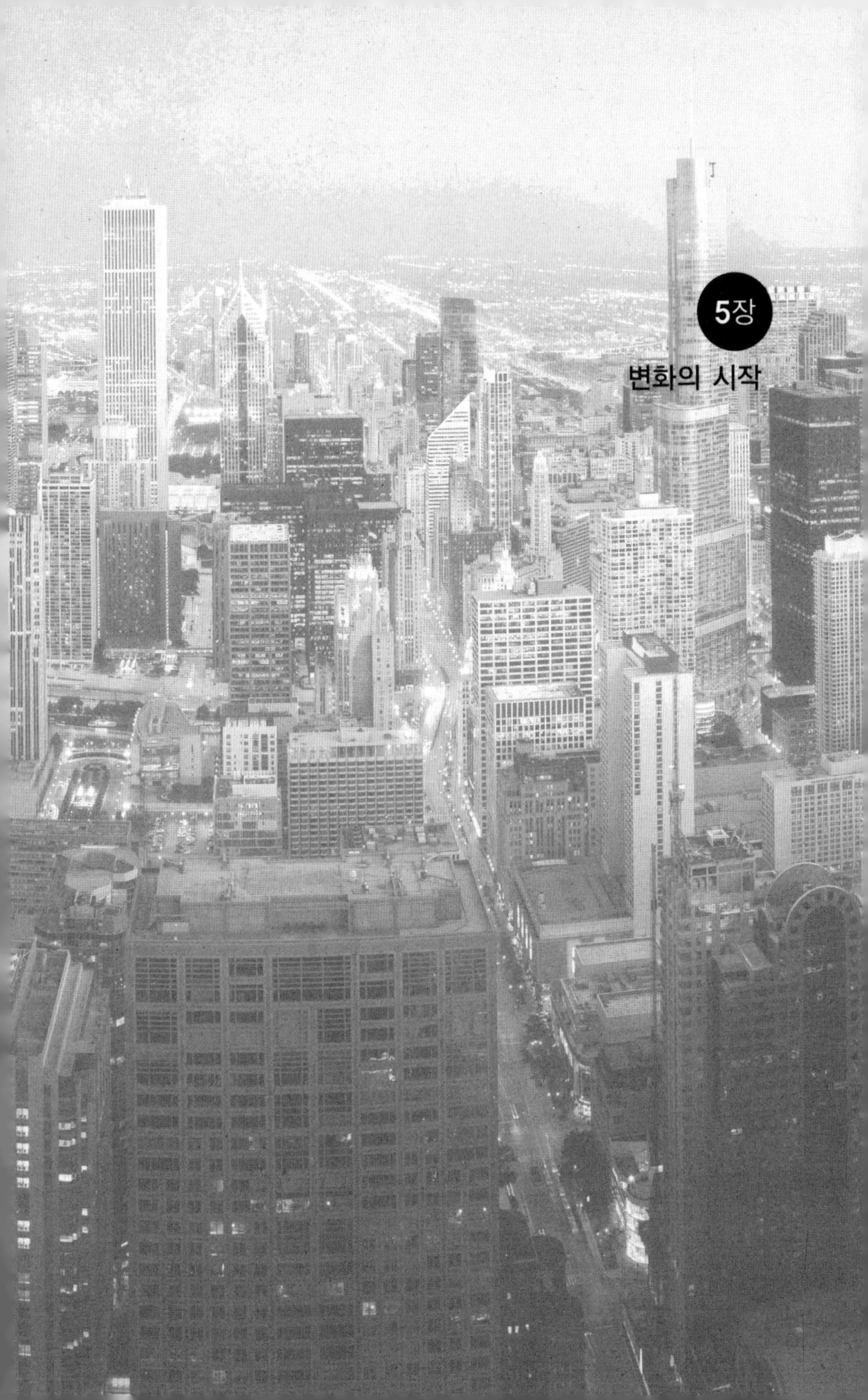

5장 변화의 시작

하루 일과의 시작은 능령과의 영상통화로 시작됐다.

자기 전에도 통화를 했는데 자는 동안 천재지변이 일어나지 않는 한 특별한 일이 있을 리가 없었다.

그럼에도 불구하고 통화 시간은 30분을 넘기는 경우가 허다했다.

특별한 얘기를 하는 것은 아니었다.

잘 잤는지, 무엇을 먹었는지, 오늘은 뭘 하며 지낼 건지 따위의 시시콜콜한 대화였다.

하지만 그저 얼굴을 바라보고 얘기를 할 수 있다는 것만으로도 행복했기에 그 시간이 무엇보다도 준영에게 소중했다.

"그 자식은요?"

여기서 말하는 '그 자식'은 철무한을 말하는 것으로 둘만의 은어였다.

―글쎄, 아직까지 연락이 없어. 너무 조용하니 이상하긴 하지만 귀찮지 않아서 너무 좋다.

"다행이네요."

말은 그렇게 했지만 철무한이 너무 조용하게 있는 것이 불안하긴 준영도 마찬가지였다.

명천호텔에서 만난 뒤 중국으로 돌아간 철무한은 한편으로는 매일이다시피 능령을 찾아와 귀찮게 했고, 다른 한편으로는 성심미디어에 대한 공격을 시작했다.

명천소프트에 퍼블리싱 되었던 게임은 하루아침에 서버의 문이 닫혔고 갖은 핑계를 대며 수익금을 보내주지 않았다.

그뿐만이 아니었다. 중국에 진출해 있던 한국 기업들에게도 강도 높은 압력을 가하고 있었다.

그럼에도 준영은 태연했다.

어차피 중국 시장은 버렸다고 진즉부터 생각하고 있었고, 한국 기업이 압력을 받는 것은 자신과는 아무런 관계가 없었다.

생판 모르는 남의 일에 마음 아파할 준영이 아니었다.

'너무 거슬려서 안 되겠어.'

능령과 얘기를 나누며 준영은 모종의 결심을 했다.

"그럼 밤에 또 통화해요."

―응, 밤에 봐……

아쉬워하는 능령과 손을 흔들며 통화를 끝마친 준영은 조금 남은 커피를 마저 비우고 소파에 앉아 있는 천(天)에게 물었다.

"지난번에 했던 얘기, 유효해요?"

"무슨 얘기? 나한테 뜬금없는 얘기 하지 말라더니 요즘엔 네가 더 심한 거 알아?"

생각해 보니 마음이 급했다.

철무한에 대한 것이라고 설명을 덧붙이자 천(天)은 생각났다는 듯이 말했다.

"왜, 이젠 놈을 없앨 생각을 한 거야?"

"네, 이제 시간도 적당히 흘렀고 그가 했던 것처럼 소수민족 독립 단체 핑계를 되면 되니까요. 의심은 하겠지만 뭘 어쩌겠어요?"

한국 일만으로도 충분히 골치가 아팠다. 그래서 철무한을 암살할 생각이었다.

한데 천(天)이 뜻밖의 말을 했다.

"실패했어."

"네?"

"철무한을 죽이려 했는데 실패했다고."

"……!"

천(天)이 철무한을 죽이려고 했다는 것보다 실패했다는 것이 더 놀라운 준영이었다.

"놈은 너의 신변을 위험하게 할 놈이야. 그래서 놈을 죽이려 했어."

"누군가가 저를 위해 그런 일을 했다는 게 놀라운 게 아니에요. 한데 누나가 실패했다니 도무지 믿기지가 않는군요. 자세히 설명해 봐요."

"놈을 노릴 기회가 생긴 건 일주일 전이었어."

일주일 전이라면 매일같이 능령을 찾아오다가 갑자기 오지 않기 시작한 날이었다.

"철무한이 매일같이 능령을 찾아가기에 그때를 노리고 놈의 차를 습격했어. 경호원들이 제법 많았지만 문제 될 것이 없었지."

"그런데요?"

"그자를 암암리에 보호하는 무리가 더 있었어. 아무래도 중국 특수부대 출신들로 이루어져 있었는지 작전에 투입된 세 대의 경호 로봇이 거의 망가질 정도로 치열한 전투가 이루어졌어."

천(天)은 설명을 하며 벽에 화면을 띄워 그때의 장면을 보여줬다.

지하 주차장으로 보이는 곳, 십여 명의 경호원이 경비를 하고 있는 곳을 이상한 복장을 한 세 대의 경호 로봇들이 습격을 했다.

습격도 훌륭했지만 애초에 일방적일 수밖에 없는 전투였다.

총을 맞아도 죽지 않는 로봇과 인간의 대결은 너무나도 싱겁게 끝이 나는 듯했다.

하지만 천하의 천(天)이 생각하지 못한 하나의 변수.

바로 철무한이 타려던 차량이었다.

"설마하니 한 나라의 국가 원수들이 타고 다니는 차량보다 더 튼튼한 차를 타고 다닐 줄은 생각도 못 했어."

천(天)의 설명이 없어도 화면상으로 철무한이 타고 있는 차가 얼마나 튼튼한지 볼 수 있었다.

총은 어림도 없었고 심지어 혹시 모를 사태에 대비해 준비해 둔 폭발물까지 터뜨렸지만 차량은 뒤집어질지언정 부서지지는 않았다.

세 대의 경호 로봇은 뒤집어진 차량에 올라 작은 거미까지 이용해 바닥을 뜯어내려 했다.

한데 막 성공하려고 할 때 일단의 무리들이 경호 로봇을 공격해 왔다.

경호 로봇의 눈으로 확인된 그들의 무기는 경호원들과 달리 중무장이었다. 철판도 종이처럼 뚫는다는 철갑탄이 든 저격용 총은 물론이거니와 휴대용 유탄 발사기까지 있었다.

주차장은 곧 전쟁터처럼 변해 버렸고 하나둘 상처 입은 경호 로봇은 철수를 할 수밖에 없었다.

"아깝군요. 저들만 없었다면 성공했을 텐데… 어쩔 수 없죠. 가족들에 대한 경호를 좀 더 강화시켜 주세요."

실패한 것에 대해서는 더 이상 연연할 필요가 없다.

"응, 그래서 이번에 새로 만든 '스파르타'들을 더 투입시켰어."

"……."

천(天)의 작명 센스는 정말로 발전하지 않았다.

올해 경호 로봇을 300대 만들 계획을 세웠는데, 그들의 이름이 스파르타였다.

각설하고 천(天)의 습격 후 철무한이 능령을 찾지 않고 있다는 것인데 혹 차가 뒤집히면서 다친 게 아닐까 생각해 봤지만 곧 고개를 저었다.

대통령이 타는 차보다 좋다면 차 안도 안전을 위해 최대한 좋게 해뒀을 것이다.

아마 천(天)이 쫓고 있다는 걸 알고 있어서 숨어 지내고 있는 것이 분명했다.

"부탁할게요."

"알았어."

정확하게 말을 하지 않았지만 천(天)은 이번에는 바로 알아들었다.

준영은 곧 머릿속에서 철무한을 지웠다.

오늘은 철무한에게 신경 쓸 시간이 없을 만큼 중요한 날이었다.

2월 25일.

이하민이 당선자에서 대통령으로 취임하는 날이었다. 그와 동시에 준영이 대통령의 힘을 가지게 되는 날이기도 했다.

화면은 대통령 취임식 장면으로 바뀌었다.

수많은 사람들 앞에서 대한민국을 위해 헌신하겠다고 선서를 하는 이하민의 모습이 보이고 있었다.

손으로 턱을 받치고 그 모습을 바라보던 준영이 중얼거렸다.

"행복한 얼굴이네요."

"그는 자기 생각대로 나라가 움직이고 있다고 생각하고 있으니까."

이하민은 인수위를 꾸릴 때부터 많은 관심을 받기 시작했다.

역대 어느 대통령 당선자보다 파격적이었기에 혹자는 조심스럽게 미친 게 아니냐는 말을 할 정도였다.

가장 대표적인 인사가 바로 총리 자리에 전(前) 여당의 대통령 후보를 내정했다는 것이었다. 더 놀라운 것은 심지어 그러한 제안을 상대에서 받아들였다는 것인데, 그 때문에 온 나라가 한동안 시끄러웠다.

물론 이하민은 그런 사실을 모르고 있었다.

그의 눈에는 자신의 옆에 서 있는 사람들의 얼굴들도 자신의 측근 얼굴로 보일 것이다.

실제 생활은 이하민이 하지만 중요한 순간은 준영과 천(天)이 끼어들어 진실을 왜곡시키고 있었다.

오늘도 바로 그런 날이었다.

오전의 취임식은 이하민이 하지만 뒤이어지는 장관 내정자들과의 대화는 천(天)이, 저녁에 있는 경제인들과의 대화는 준영이 하게 될 예정이었다.

행정부의 수반인 대통령의 힘은 어디에서 나올까?

입법부인 의회를 이루는 국회의원 절반 가까이가 있는 당의 실적적인 수장이며, 사법부와 국세청을 양손에 쥐고 있음에서 나올 것이다.

철저하게 분리되어야 하는 국가의 3대 권력인 입법, 사법, 행정이 모두 한 사람에게 있는 모양새니 힘이 없을 수가 없었다.

하지만 그것도 집권 3년 차까지가 한계였다.

당에선 새로운 차기 대권 주자가 나타나 당을 장악하기 시작하고, 사법부가 차기 대권 주자의 눈치를 보기 시작하면서 레임덕이 일어나는 것이다.

그래서 그 전까지 최대한 이루고자 하는 바를 진행시켜 둬야 했는데, 취임식 날 저녁에 경제인과의 만남을 준비한 것도 그런 이유에서였다.

'이 사람들이 다 모이다니……'

긴 사각 테이블 양옆으로 경제지에서 보던 얼굴들이 모두 모여 있었다.

긴장한 듯한 표정으로 자신을 바라보며—이하민을 보는 것이지만— 눈치를 보고 있는 그들을 보고 있자니 권력이 좋긴 좋다는 생각이 들었다.

"축하드립니다, 대통령님."

"고맙습니다, 장 회장님."

가장 옆자리에 앉아 있는 재계 서열 1위인 퓨텍의 장덕수가 대표로 축하 인사를 했고, 준영은 웃는 얼굴로 한 사람씩 바라보며 눈인사를 했다.

"공사가 다망한 분들을 오래 붙잡아둘 수 없으니 얼른 식사부터 합시다."

옆에 서 있는 비서실장에게 고개를 끄덕이자 음식이 들어왔다.

같이 밥이나 먹자며 불렀지만 테이블에 앉아 열심히 식사를 하는 경제인들 중 어느 누구도 그렇게 생각하는 이들은 없었다.

식사 시간은 금세 끝이 났다.

아마 돌아가자마자 소화제를 먹어야 할 터였다.

준영은 그들의 마음이 어떻든 후식으로 나온 차를 마시며 입을 열었다.

"올 한 해 경제는 좀 어떨 것 같습니까?"

"연구소의 보고에 의하면 세계 경제 침체의 영향으로 작년보다 힘들 것으로 예상하고 있습니다."

소상공인들이 입에 달고 사는 말이 조금 고급스럽게 바뀌어 장덕수의 입에서 나왔다.

"다들 힘들 때지요."

준영은 그들을 이해한다는 듯 고개를 끄덕이며 말을 이었다.

"저도 힘닿는 데까지 경제를 살리도록 노력할 테니 여러분들도 힘을 내주시기 바랍니다."

"허허! 그래 주신다니 마음이 든든합니다, 대통령님."

"경제에 대해 식견이 풍부하시다는 얘기를 들었는데 앞으로 잘 부탁드리겠습니다."

"대통령님이 도와주신다면 올해의 위기도 잘 넘어갈 수 있을 겁니다."

준영의 말에 20대 그룹 회장단은 경제 활성화 정책을 펼쳐질 거라고 생각했는지 굳어 있던 얼굴들을 펴며 한마디씩 했다.

준영은 그런 그들을 보며 여전히 웃는 얼굴이었지만 속으로는 고개를 저었다.

'탐욕이 끝도 없는 노인네들.'

경제 활성화라는 명목으로 그동안 국민들에게 돌아갈 복지가 기업으로 돌아간 경우가 많았다. 그래서 경제는 높은 수치의 흑자를 기록했다.

하지만 그게 끝이었다.

각 그룹마다 수조 원의 이익을 남겨도 그들은 분배할 생각이 없었다. 매년 세계 경제가 어렵다는 말로 그 돈을 쌓아두기만 했다.

그러면서 한편으론 부동산을 사들이는 데만 급급하니 경제 활성화 정책은 기업들 배불리는 정책이라는 말이 틀리지 않았다.

그렇게 국민 경제는 해가 갈수록 나빠졌고 재벌 기업들은 비대해져 갔다.

준영은 그런 그들을 보며 한마디를 더했고 만찬회장의 분위기는 조금 전과 달리 일순 싸늘해졌다.

"지금까지 모든 대통령들이 경제 활성화 우선 정책을 펼쳤습니다. 하지만 그럼에도 매년 어렵다고만 하니 그 정책이 잘못된 것이 아닌가 싶습니다. 그래서 전 경제 민주화 정책을 우선으로 할 생각인데 여러분들의 생각은 어떻습니까?"

"······."

"수십 년을 했음에도 나아지지 않았다면 잘못된 정책이라 생각하지 않으십니까? 제 말이 틀렸습니까?"

이어지는 질문에도 경제인들은 침묵으로 일관했다. 그러나 침묵이 길어지자 재계 2위라는 삼송그룹의 회장이 조심스럽게 한마디를 했다.

"하지만 경제 활성화 정책이 우선되었기에 지금과 같은 상황을 유지하고 있는 것 아니겠습니까?"

"지금과 같은 상황이요? 대다수의 국민이 '최악'이라고 표현하는데 여러분은 현 경제 상황이 좋으십니까?"

다들 고개를 끄덕이고 싶을 것이다. 하지만 감히 오늘 대통령이 된 이하민 앞에서 그렇게 할 간 큰 인물은 없었다.

"방금 전 여러분의 입으로 말하지 않았습니까? 세계 경제의 악화로 내년에는 더 어려울 것이라고요. 그래서 정책을 바꿔 보려 하는 것입니다."

꼴통!

웃는 얼굴로 자신들에게 현 정권의 경제 정책 방향에 대해 말하는 이하민을 보는 경제인들의 머릿속에 공통적으로 떠오르는 생각이었다.

어느 누가 대통령 당선을 위해 경쟁하던 후보를 총리에 앉힐 생각을 하겠는가?

그런 어이없는 일을 한 이하민이 지금 자신들을 향해서도 꼴통 짓을 하고 있었다.

"…대통령님께서 그리 생각하신다니 저희로서는 당연히 따라야겠지요. 한데 경제 민주화라는 게 어떤 식으로 이루어질 것인지 힌트라도 주신다면 저희가 먼저 자정 노력을 기울이도록 하겠습니다."

갑작스런 준영의 말에 당황했던 경제인들 중 가장 먼저 정신을 차린 퓨텍의 장덕수 회장이 물었다.

어떤 방향으로 나아갈지를 알고 대처하겠다는 소리였다.

준영이 그런 걸 말해줄 이유는 없었다. 아니, 자신이 희망찬 나라를 만들기 위해 고민한 만큼 그들도 고민을 했으면 하는 바람이었다.

"차츰 알 수 있을 겁니다. 그래도 여기까지 오셨고 곧 발표할 예정이니 미리 아시는 것도 나쁘지 않겠죠. 제가 생각하고 있는 경제 민주화의 첫 번째는……."

굳은 얼굴로 이하민의 입술을 바라보는 경제인들.

그리고 그들이 바라보던 입술이 열리며 폭탄이 튀어나왔다.

"인턴제를 없앨 생각입니다. 그리고 지난 10년간 교육 목적이 아닌, 일을 시키기 위해 인턴을 모집했다면 해당 기업은 그들의 기간만큼 당시 초봉 기준으로 급여를 지불하셔야 할 겁니다."

오늘은 두고두고 회자될 꼴통 대통령의 취임식 첫날이었다.

*   *   *

청와대를 나서는 20대 그룹 회장단들의 얼굴은 마치 똥을 씹은 듯한 표정들이었다.

"인턴제를 없애다니요. 아무리 대통령이라고 하지만 경제 상황은 고려하지 않고 기업의 일까지 간섭하겠다는 소리 아닙니까?"

"맞습니다. 인재를 선택하는 건 우리의 권리입니다."

몇몇은 낮은 목소리로 투덜대고 있었고 대부분이 삼삼오오 모여 비슷한 얘기들을 하고 있었다.

"장 회장님, 안 그렇습니까?"

"…아, 네."

장덕수는 YJ그룹 회장의 말에 영혼 없는 반응을 보였다.

기업이 이름을 알리기 시작한 게 고작해야 8년밖에 되지 않았고 그동안 인재가 부족해 특별한 문제만 없다면 인턴으로 뽑았던 이들을 대부분 직원으로 채용했기 때문이었다.

무엇보다도 비서실장을 통해 은밀히 만나자는 제의가 들어와 그 일을 생각하느라 다른 곳에 신경 쓸 여유가 없었다.

"앞으로 저 …대통령이 어떻게 나올지 저희들끼리 의논이라도 해야 하지 않겠습니까?"

'저' 다음에 '꼴통'이라는 말이 생략되어 있음을 듣는 사람은 모두 알 수 있었다.

"그러지 말고 모두 모이기도 힘든데 오늘 잠깐이라도 얘기를 나누는 게 어떻습니까?"

분위기는 금세 조용한 곳으로 가 얘기를 나누자는 쪽으로 흐르고 있었다.

혼자만 쏙 빠지는 모양새가 좋지는 않았지만 장덕수는 그럴 수가 없었다.

"전 급한 일이 있어서… 위치를 말씀해 주시면 끝나는 대로 바로 참석하도록 하겠습니다."

"그러시죠."

다른 사람들에게 양해를 구하고 차에 오른 장덕수는 비서실 장이 건넨 쪽지를 확인하고 약속 장소로 향했다.

사람 없는 조용한 찻집.

잠시 후 경호원들이 먼저 들어와 주변을 살폈고 이하민이 들어왔다.

"이거 오래 기다리게 한 거 아닌지 모르겠습니다. 한 번 움직이려면 워낙 많은 사람들이 움직여야 해서 좀 늦었습니다."

"별말씀을요. 방금 전에 도착했습니다."

장덕수가 이하민을 지금처럼 몰래 본 건 오늘이 처음이 아니었다.

대통령 선거 전에 정치자금 때문에 만난 적이 있었는데 그때는 이하민이 장덕수가 한 말을 그대로 했다는 것이 틀릴 뿐이었다.

갑과 을의 위치가 하루아침에 바뀌었으니 당연한 일이었기에 장덕수는 이하민이 앉기를 기다린 후에 자리에 앉았다.

"한데 어쩐 일로 저를 따로 보자고 하셨는지……."

"하하하! 따로 말씀드릴 일이 있지 않습니까? 그리고 부탁 드릴 일도 있고요."

말하는 투를 보아 분명 선거 전에 했던 약속에 대해 언급을 하는 것으로, 장덕수에게 좋은 일이었지만 괜히 꼴통으로 불리는 인물이 아니었기에 장덕수는 일비일희하지 않았다.

"부탁이라니요. 제가 할 수 있는 일이라면 최선을 다하겠습니다."

한국 기업이지만 다국적기업이라고 할 수도 있는 퓨텍이었기에 사실 대통령이 미친 짓만 하지 않는다면 딱히 무서워할 이유는 없었다.

또한 굳이 편하게 갈 수 있는 길을 불편하게 갈 이유도 없었다. 특히 실권을 아들인 장두호에게 넘기고 있는 시점에서 정부와 척을 지는 건 그로서도 자제할 일이었다.

"장 회장님이 그렇게 말해주시니 든든합니다. 그럼 단도직입적으로 말씀드리겠습니다."

꿀꺽!

장덕수는 마른침을 삼켰다.

"지난 정권에서 퓨텍의 확장을 제한했다는 얘기는 저 또한 잘 알고 있습니다. 그래서 이제부터 그 제한을 풀어드리려고 하는데 어떻습니까?"

장덕수가 가장 듣고 싶어 하던 말이 이하민의 입에서 나왔다.

이를 위해 막대한 정치자금을 당선될 것 같은 두 후보에게 뿌렸는데 이제야 결실을 맺는 것 같아 절로 목소리가 떨려 나왔다.

"저, 정말이십니까?"

"우리나라의 어느 기업보다 기업가다운 행동을 보이는 퓨텍의 성장을 방해하는 건 경제에 있어 죄악이라는 게 제 생각입니다."

"그렇게 말씀해 주시니 감사합니다!"

장덕수는 정말 큰절이라도 올리고 싶을 만큼 이하민이 고마웠다.

정치자금을 뿌리면서도 큰 기대는 없었다. 하지만 당선이 되자마자 과실을 얻게 되었으니 어찌 기쁘지 않겠는가.

"당연한 일을 그렇게 기뻐하시니 제가 지난 정권을 대신해 사과드리고 싶군요."

장덕수의 눈에는 이하민이 꼴통이 아닌 천사로 보였다. 하지만 고대하던 일을 얻어냈다는 기쁨이 지나가자 어떤 부탁을 할지 살짝 걱정이 되기도 했다.

받았으니 이번에는 줄 차례.

어떤 것을 줘야 할지 고민하던 장덕수는 넌지시 이하민의 생각을 물었다.

"제가 받은 것에 대해 어떻게 보답을 해드려야 할지……?"

"당연한 일을 했는데 보답이라니요. 다만 제가 생각하고 있는 경제 민주화를 위해서 장 회장님의 도움이 절실합니다."

두루뭉술한 얘기였다.

차라리 돈을 달라고 하면 편한데 이런 식으로 나오니 머리가 더욱 복잡해졌다.

그러나 이하민은 더 이상 '받을 것'에 대한 얘기는 하고 싶지 않은 모양이었는지 화제를 돌렸다.

"장 회장님은 퓨텍의 확장을 어느 분야로 할 생각이십니까?"

"글쎄요? 지금으로써는 딱히 떠오르지 않습니다. 내일부터 직원들과 검토를 해본 후에야 결론이 나오지 않겠습니까?"

거짓말이었다.

인공지능 마더와 퓨텍 연구소를 통해 현존하는 수많은 기술들의 업그레이드 버전을 개발하고 있었고 언제든지 상용화할 수 있는 기술 또한 상당했다.

공장만 있다면 당장에라도 신제품을 생산해 낼 수 있는 곳이 퓨텍이었다.

"하하! 그렇겠군요. 제가 좀 성급했나 봅니다."

"혹시 고견이 있다면 듣고 싶습니다."

말투에서 말하고 싶은 것이 있다는 뉘앙스가 느껴졌기에 의견을 물었다.

"험! 기업 일에 이래라 저래라 할 수 없지만 제 개인적인 생각으로 소상공인들이 하는 일에는 손을 대지 않았으면 좋겠습니다."

"당연한 일입니다. 그런 분야는 생각을 해본 적조차 없습니다."

자손들이 점점 많아져 기업을 분리하다 보면 모를까 지금으로써는 하라고 해도 싫은 입장이었다.

"역시 말이 통하는 분이시군요. 그럼 좀 더 편하게 말씀드리죠. 전 개인적으로 독점이나 과다한 이익을 챙기는 걸 싫어합니다. 그리고 국민을 통해 이룩한 기업이라면 국민을 위할 줄도 알아야 한다고 생각합니다."

독점, 과다한 이익, 국민을 위하는 기업.

핵심이 되는 키워드는 이 세 가지였다. 그리고 그 키워드를 중심으로 생각하다 보니 몇 개의 사업 분야가 머릿속에 떠올랐다.

한데 이제 막 사업 영역을 확장하려는 퓨텍에게는 너무 많은 투자와 시간이 필요한 일이었다.

물론 돈은 걱정할 것 없었다. 하지만 시간이 너무 오래 걸리면 다음 정권 때 다시 제한될 수도 있었기에 망설여지는 일이기도 했다.

그런 장덕수의 마음을 알았는지 이하민은 넌지시 말을 더했다.

"분리하는 방법도 있습니다."

"정말 그럴 수 있겠습니까?"

"하하하! 저는 옛날처럼 마음에 들지 않는다고 기업을 공중분해시키는 사람은 아닙니다. 다만⋯⋯."

이하민은 중요한 얘기를 할 때 뜸을 들이는 습관이 있었다.

"문제가 된다면 바로 잡아야겠죠. 그때 퓨텍이 나서준다면 더할 나위 없이 고마울 겁니다."

장덕수는 웃으면서 말하는 이하민이 문득 무섭다는 생각이

들었다.

문제가 없다면 문제를 만들면 된다는 식으로 그에게는 들렸기 때문이었다.

그러나 장덕수는 이하민의 말을 거부할 수 없었다. 왜냐하면 그만큼 매력적인 제안이었고 퓨텍이 새로운 도약을 할 수 있는 일이기도 했기 때문이었다.

"원하신다면 퓨텍이 아닌 제 개인 재산으로라도 돕겠습니다."

이하민과 장덕수는 각각의 미래를 생각하며 서로 미소를 머금고 있었다.

*   *   *

준영은 동지회—민혁이 데리고 갔었던 재벌 3, 4세들의 모임—의 카페에 앉아 기사를 보고 있었다.

아침에 신문을 보지만 실시간으로 올라오는 기사들을 틈틈이 스마트폰으로 확인하는 게 그의 습관이었다.

"뭘 보고 있는 거야?"

뒤에서 불쑥 나타나 묻는 이는 백연화였다.

뭘 보는지 확인하려는 듯 고개를 숙이다 보니 준영의 어깨에 머리를 얹은 자세가 되었다.

향긋한 내음과 함께 그녀의 머리카락이 코끝을 간질였지만 준영은 기사에서 눈을 떼지 않고 말했다.

"인턴제 폐지에 대한 기사."

거의 볼이 맞닿을 정도로 붙어 있었음에도 준영이 반응이 없자 백연화는 재미없다는 듯 입술을 삐죽이곤 준영의 옆자리에 앉으며 투덜댔다.

"어떤 내용이기에 내 유혹에도 눈을 떼지 못하는 거야?"

"네 유혹을 참고자 눈을 떼지 않고 있었던 거야."

장난을 장난으로 받아친 준영이 스마트폰에서 시선을 떼고 백연화를 보여 미소를 지었다.

"됐거든, 바람둥이!"

동지회에 가입하면서 백연화와 많이 친해졌다.

남녀 관계라기보다는 친한 인간관계에 더 가까운 사이였는데 백연화는 첫 만남 때의 이미지 때문인지 준영을 바람둥이라고 불렀다.

"한동안 두문불출하더니 오늘은 한가한가 보네?"

백연화가 좋아하는 달콤한 커피를 가져다 건네자 그제야 장난기를 지우고 물었다.

"쉴 때도 있어야지. 그러는 넌 이 시간에 웬일이야?"

"나도 쉴 때가 있어야지."

백연화는 LC그룹 계열사 중에서 LC전자의 주임으로 일하고 있었다. 물론 그녀의 배경은 철저하게 비밀로 붙여진 채 말이다.

"생리휴가구나?"

"어쩔씨구리. 숙녀에게 그따위로 말하는 건 누구한테 배운 거야?"

"너한테."

첫날엔 도도한 장미같이 느껴지던 백연화였지만 실제로 알고 보니 길거리에 핀 야생화 같은 여자였다.

털털함을 넘어서 때론 남자 같은 느낌마저 들 때가 많았다.

얌전 떨 일이 많은 준영도 은근히 백연화와 대화하는 걸 즐기고 있었다.

"…할 말 없게 만드네. 어쨌든 생리휴가는 아니야."

"그럼?"

"니가 보던 기사의 영향 때문이야."

"인턴제 폐지 때문에 휴가를 받았다고?"

"응, 그 때문에 회사가 난리도 아냐. 10년 동안 인턴으로 일했던 사람들이 그룹 전체로 따지면 얼마나 되는 줄 알아? 게다가 회사 입장에선 취업이 된 인턴들이 일한 돈까지 주라고 할까 봐 지난 10년 동안 들어온 직원들에게 아부를 떨고 있는 지경이지. 덕분에 나야 이렇게 휴가를 얻어 좋지만 말이야."

"기분이 나쁜 건 아니고? 네 입장은 오너의 입장 아닌가?"

"흥! 웃기셔. 내가 오너 집안인 건 맞지만 인턴제는 없애는 게 맞아. 나도 1년간 인턴을 해봤는데 사람이 할 짓이 아냐. 아침 8시부터 밤 10시까지 하루 열네 시간씩 일했어. 주말? 그딴 거 없어. 부르면 무조건 나가야 해. 그런데 돈이라곤 차비 명목으로 꼴랑 100만 원. 그렇게 일하고 취직이라도 되면 몰라. 이용해 먹을 거 다 이용해 먹고 자격 미달이라는 말로 잘라 버려."

"그럼 아버지한테 말해 진즉에 없애지 그랬어?"

"기분 좋으실 때 넌지시 말씀드려 봤지. 그랬더니 헛소리 말래. 대신 채용률을 높인다고 말씀은 하셨고 지난 2년간은 잘 지켜졌어. 그나저나 진즉에 이하민 같은 사람이 대통령이 되었어야 하는데 말이야. 그랬으면 나도 인턴 생활 안 했을 거 아냐."

연신 투덜대며 달디단 커피를 벌컥벌컥 마신 백연화는 그 후로도 한참을 인턴제 폐지는 잘한 일이라고 침을 튀기며 말했다.

인턴제 폐지에 관련된 기사가 뜬 것은 바로 다음 날이었다.

열린 청와대를 표방한 이하민은 청와대 홈페이지에 인턴제 폐지에 대한 당위성과 피해자들에 대한 내용을 올렸고 순식간에 인터넷으로 퍼져 나갔다.

경제계는 숨 돌릴 틈도 주지 않고 전격적으로 발표한 이하민을 욕했지만 많은 국민들은 잘한 일이라며 칭찬을 아끼지 않았다.

그러다 보니 며칠 사이에 어느새 인턴제 폐지는 당연히 해야 하는 일로 받아들여지고 있었다.

또한 인턴 생활을 했던 금액을 돌려받는 일 또한 국민 편의 위주로 되어 있었다.

인턴 경험이 있던 사람들은 그저 인터넷에 자신이 일했던 곳과 자신의 신분만 증명하면 대부분의 일이 처리되도록 되어 있었는데, 개인이 어느 회사에서 일을 했다는 걸 증명해야 하는 것이 아니라 회사가 개인에 대해 그것을 증명해야 했다.

만일 A가 B라는 회사에서 인턴을 경험했다면 A는 그저 그 사실을 인터넷에서 그 사실을 서류로 작성하기만 하면 됐다.

　그에 반해 B라는 회사는 즉각 인턴에 대한 서류를 기관에 제출하도록 되어 있었고, 혹 이의가 있을 땐 일이 아닌 교육을 시켰다는 걸 회사가 국가를 납득시키도록 되어 있었다.

　작은 변화는 이렇게 시작되었다.

6장

늘어나는 일

권력의 정점이라는 대통령 놀이가 재미있었지만 그렇다고 회사를 등한시하진 않았다.

"배정철 이사님, 당신을 지금 이 시간부로 성심미디어의 사장으로 임명합니다."

"최선을 다하겠습니다."

고개를 숙이며 임명장을 받는 배정철을 보는 준영의 얼굴에 미소가 걸렸다.

준영은 '좋은 결과를 보여 드리겠습니다' 라는 말보다 배정철이 방금 말한 '최선을 다하겠다' 는 말을 무척이나 좋아했다.

영화에서인지 드라마에서인지 최선은 누구나 다하는 것이니 결과가 중요하다는 말을 하면서부터 최선을 다한다는 말이

저평가되고 있지만 결과만큼 과정도 중요한 법이었다.

"작년처럼 무리하지는 마세요."

배정철은 준영이 전문 경영인 체제로 넘어가려 한다는 걸 알았는지 작년 회사를 책임지고 있을 때 꽤나 무리하게 일을 했었다.

그래서 결과는 좋게 나왔지만 귀 옆의 흰머리가 많이 늘었고 항상 피곤한 얼굴을 하고 있었다.

"괜찮습니다."

"배 사장님은 괜찮을지 모르지만 제가 괜찮지 않습니다. 사장이 되셨지만 올해는 제가 목표를 알려 드리겠습니다."

"말씀만 하십시오, 회장님."

"아아, 회장님이라고 부르진 마세요. 아직까진 쑥스러운 호칭이군요."

"그럼 뭐라고 불러야 할지……?"

말해놓고 보니 마땅한 호칭이 없었다.

"그건 차차 생각하기로 하죠. 지금 중요한 것은 성심미디어의 올해 목표니까요. 매출액 기준으로 작년의 삼분의 이만 달성하십시오."

"……."

작년 매출액보다 줄이라는 명령에 배정철은 황당한지 대답을 하지 못했다.

"성장도 좋지만 분배도 중요한 법입니다. 올해는 성장보다는 직원들의 복지와 사회봉사에 조금 더 신경을 써달라는 의

미에서 한 말이었습니다."

"아, 네, 그렇게 하겠습니다."

준영이라고 성심미디어가 계속 성장해 나가는 걸 싫어할 리가 없었다.

그러나 무리해서 올린 실적은 나중에 어떤 식으로든 손해로 돌아오게 마련이었다.

"참, 이건 지난 한 해 동안 고생했다는 의미에서 격려금 조로 조금 넣었습니다. 나흘간 휴가를 줄 테니 가족들과 좋은 곳이라도 다녀오세요."

준영은 준비해 뒀던 봉투를 건넸다. 안을 확인한다면 환호성을 지르며 좋아할 만큼 두둑이 넣었다.

격려금을 전달한 것을 끝으로 일을 모두 마친 준영은 성심미디어를 나왔다.

그리고 잠시 뒤돌아 예전과 달리 IT 업체답게 꾸며진 건물 외관을 보다가 차에 올랐다.

"훗! 영감 흉내를 내다 보니 정말 영감이 됐나 보군."

천(天)이 만든 성심테크와 인수를 한 성심기계와 달리 성심미디어는 책상 하나까지 자신의 손으로 직접 골랐던 회사였다.

그러다 보니 다른 회사와 달리 정이 든 모양이었다.

일거리를 배정철에게 떠넘기게 되어 시원하다는 생각보다 마치 소중한 것을 빼앗긴 것 같은 느낌마저 들었다.

차에 올라서도 물끄러미 건물을 바라보던 준영은 고개를 돌려 경호원 겸 기사에게 말했다.

"가자."

미련을 털어버린 목소리였다.

언제까지고 좁은 성심미디어에 머무를 수는 없었다.

성심미디어에 배정철을 전문 경영인으로 앉혔듯이 성심기계에도 약속대로 두 명의 이사를 뽑았다.

준영은 본래 계획보다 더 많은 권한을 두 이사에게 줘서 각각 영업 부문과 지원 부문을 맡긴 후 천(天)과 함께 성심테크 본사로 사무실을 옮겼다.

천(天)이 머물고 있는 건물 옆에 새롭게 건축된 건물이 준영이 머물 곳이었는데, 설계도에 없던 구름다리가 천(天)의 건물과 연결되어 있었다.

"저건 뭐예요?"

"오작교."

"…이름을 물은 게 아니라 만든 목적이 뭐냐고요?"

"네가 오고 가기 편하라고 만들었어. 말할 일 있으면 건너와. 물론 다른 목적이라도 언제든지 환영이야."

"정중히 사양하죠."

초(超)인텔리전트 건물에서 굳이 몸을 움직여 대화할 일이 있을까 싶었다.

"네가 지낼 곳을 보여줄게."

천(天)은 건물을 소개시켜 주는 부동산 중개인처럼 앞으로 지내게 될 건물에 대해 이런저런 설명들을 해줬다.

방재, 방범은 물론 심지어 군대가 쳐들어온다고 해도 버틸 만큼 튼튼하게 지어진 건물이었다.

　그리고 가장 압권인 것은 20층 건물 중 17층부터 20층까지가 오롯이 준영만을 위한 공간이라는 것이었다.

　쓸데없는 낭비라고 한마디 해줄 생각이었는데 17층을 지나 18층으로 들어서면서 속으로 삼켜야 했다.

　17층이 회의실과 손님을 맞이할 수 있는 공간이라면 18층에는 준영의 사무실과 운동 공간이 마련되어 있었다.

　한데 18층의 인테리어가 무척이나 낯에 익었다.

　벽은 짙은 회색빛 대리석으로 되어 있었고, 중간중간에 준영이 좋아하던 명화들이 걸려 있었다.

　"이곳은……."

　"지(地)의 세계에 있을 때의 네 사무실처럼 꾸며봤어."

　가상현실이 현실이 되는 순간이었다.

　과거를 모두 버렸다고 생각했는데 자신의 취향대로 꾸며진 사무실을 보자 왠지 모를 아련함이 느껴졌다.

　준영은 가상현실에서 앉았던 의자와 똑같은 의자에 앉아 몸을 기댔다.

　"좋네요……."

　푹신함과 편안함에 일이 절로 될 것 같은 느낌이었다.

　한데 더 놀랄 일이 생겼다.

　"주무시려거든 위층 침실에서 주무시는 게 어떠십니까, 도련님."

약간 허스키하면서도 흔히 동굴 목소리라고 말하는 울림 있는 목소리.

어느 누구보다 친했고 일찍 여읜 부모 역할을 해준 사람.

실제 사람이 아닌 캐릭터였다는 걸 알고 있었지만 목소리를 듣는 것만으로도 반가웠다.

"집사?"

눈을 뜨며 의자에서 일어난 준영이 소리가 난 곳을 바라보았다.

"네, 도련님."

단번에 로봇으로 만든 집사라는 걸 눈치챘다. 그럼에도 불구하고 반갑고 기쁜 마음이 들었다.

"고마워요, 누나."

쓸데없는 구름다리─오작교─를 만든 것이 용서될 만큼 천(天)에게 고마웠다.

"벌써 고마워하면 안 되지. 아직 보여줄 게 더 많이 있거든."

"19층을 과거 제 집처럼 꾸며놓았죠?"

집사의 말에서 어느 정도 유추한 준영이었다.

"그것 말고 또 있는데."

천(天)은 손가락을 까닥거렸고 준영은 그녀를 뒤따라갔다.

19층은 예상대로였다. 그리고 20층에 올라가서는 기대감이 커서인지 실망감이 들 정도였다.

"그냥 스포츠센터를 축소해 뒀네요."

"일단은 그렇게 보이지."

준영이 시큰둥한 반응을 보이자 천(天)은 빙그레 웃으며 지(地)가 가상현실에서 했듯이 손가락을 튕겼다.

딱!

그러자 갑자기 여러 가지 운동 시설들이 한쪽으로 밀려 나갔다. 그리고 가운데 커다란 공터가 생기더니 그 바닥이 열렸다.

"큭! 수영장."

어쩐지 19층에서 20층으로 올라오는 계단이 다른 층보다 길다 했는데 바닥에 수영장이 있었기 때문이었다.

"뭐, 괜찮긴 하네요. 하지만 놀랄 정도는 아니에요."

"아직 끝난 게 아냐."

천(天)은 다시 한 번 손가락을 튕겼고 이번엔 천장이 열리기 시작했다.

"우와! 저건!"

결국 준영의 입에서 감탄사가 터져 나왔다.

유리로 된 천장에 감탄한 것이 아니었다. 유리 천장 위에 놓여 있는 물건을 보고 놀란 것이다.

헬기였다.

"서울 갈 일 있으면 저거 타고 다녀. 성심기계에 착륙장을 만들어뒀으니까 그곳으로 가면 될 거야."

성심테크로 내려오면서 가장 걱정했던 부분이 단번에 해결되는 순간이었다.

"어때?"

자신의 선물이 어떠냐고 묻는 천(天)은 칭찬을 받고 싶어 하는 아이 같은 표정을 짓고 있었다.

"최고예요!"

만들어준 어머니를 칭찬하는 것이 낯간지러웠지만 이 순간
만큼은 정말 천(天)이 최고였기에 엄지까지 들어 보이며 만족
감을 드러냈다.

"좋아할 줄 알았어."

준영의 칭찬에 환하게 웃는 천(天).

문득 준영은 천(天)의 그런 모습이 약간 이상하다고 생각했다.

지금 천(天)의 모습은 연인에게 선물을 해주고 그 기뻐하는
모습을 보는 여자처럼 보였다.

'착각이겠지. 인공지능이면 도덕적 윤리도 알고 있다는 소
린데… 쩝! 도끼병은 언제 생긴 거야?'

미나에 이어 천(天)까지.

도끼병이라 확신하며 준영은 다시 한 번 천(天)에게 감사를
표한 후 사무실로 내려갔다.

아무리 좋은 사무실과 좋은 방을 가졌다고 해도 좀 편안해졌
다 뿐이지 일이 사라지는 것도, 술술 잘 풀리는 것도 아니었다.

게다가 책상 맞은편 소파에 변함없이 앉아 있는 천(天)을 보
고 있으면 이곳이 성심기계 사무실인지, 성심테크 사무실인지
모를 지경이었다.

"…그러니까 네 말은 서울에는 최소한의 인원만 상주하는
지사만 만들고 이곳 성심테크 본사에서 일할 사람을 뽑자는
말이구나?"

"네, 굳이 서울을 고집할 이유가 없을 것 같아요."

본래 성심테크 본사는 천(天)에게 맡기고 서울에 지사를 크게 내려고 했었다. 하지만 막상 인원을 뽑을 때가 되니 마음이 바뀌었다.

본사까지 출퇴근이 가능한 사람을 뽑으면 되는 일을 어렵게 돌아갈 이유가 없었다.

"모집이 되겠어?"

"회사에서 30분만 나가면 가평 시내잖아요. 거기서 통근 버스 운행하면 되죠."

"경력 사원들이라면 대부분 가정이 있을 텐데? 그럼 교육 문제가 걸려서 내려오지 않으려 할걸."

"타협점을 찾아야죠. 그리고 정 싫다는 사람은 나도 싫어요."

지역의 균형 발전 같은 문제로 이런 결정을 내린 건 아니었다.

막상 성심테크가 커진다면 주목할 사람들이 많을 것이다. 그러면 로봇만으로 운영되고 있는 본사에 대해 의심할 사람이 생길 게 분명했다.

나무를 숨기기 위해서 숲보다 좋은 곳은 없었다.

"하긴 모든 직원들이 회사에서 먹고 자고 하는 것도 이상하겠다. 간혹 로봇들을 시내로 보내 옷도 사고 음식도 먹게 해야겠어."

"좋은 방법이네요."

성심테크에서 일하는 로봇들은 서류상으로는 완벽한 사람이었다. 그러니 사람다운 행동을 한다면 어느 누가 감시해도 이상한 점을 찾지 못할 것이다.

"직원 뽑는 건 네가 다뤄야 할 사람들이니 네 마음대로 해. 그리고 장덕수 회장이 이하민에게 만나자고 전화를 했어."

"그 사람이 왜요?"

"지난번 일에 대한 감사의 표시를 하고 싶은 모양이지. 어떻게 할까?"

"주면 받아야죠. 이왕이면 많이 뜯어내요."

장덕수와는 대통령 취임식 날 이후 처음 만나는 것이었다.

한데 그 사람 얼굴을 보자마자 '싫다'라는 느낌이 너무 강하게 들어 준영 스스로도 놀랄 정도였다.

이유는 알 수 없었다. 그냥 싫었다. 만일 일이 아니라 밖에서 우연히 봤다면 당장에 달려가 얼굴에 주먹이라도 날리고 싶은 마음마저 들었다.

그런 상태에서 둘만의 대화 시간을 가졌으니 얼마나 곤혹스러웠겠는가.

그 뒤로 장덕수와 관련된 건 천(天)에게 맡겼다.

다시 만나면 정말 주먹이 나갈 것 같았기 때문이었다.

"그렇게 질색하면서 그 좋은 일을 왜 그 사람에게 넘긴 거야?"

"정확하게는 그 사람이 아닌 퓨텍을 위한 거예요. 퓨텍은 덩치가 너무 커져서 잘못되면 경제가 휘청할 가능성이 높아요. 그러니 미리미리 사업 다각화를 시켜둬야 해요."

앞으로 1년 정도 지나면 성심테크의 이름을 걸고 새로운 가상현실 게임이 나타나게 될 것이다.

성심테크의 가상현실 게임이 퓨텍이 장악하고 있는 시장의 절반만 뺏어도 거대해질 만큼 거대해진 퓨텍은 휘청거릴 수밖에 없었다.

그러면 결국 구조 조정을 해야 할 것이고 많은 사람들이 거리로 내몰릴 것이다.

희망찬 대한민국을 만들자고 시작했는데 오히려 불행으로 몰아넣을 수는 없었다.

그래서 미리미리 준비를 해두고 있는 중이었다.

'아깝긴 하지.'

생각하고 있던 회사가 매물로 나온다고 해도 DD와 DDR을 판 돈으로 가능했지만 깨끗한 돈으로는 사들일 능력이 되지 못했다.

고개를 흔들어 장덕수와 그와 관련된 일을 머릿속에서 지운 준영은 다시 고글에 보이는 계획서를 손보기 시작했다.

＊   ＊   ＊

늦추위가 기승을 부리는 3월 초.

대한민국은 새롭게 출범한 이하민 정부의 예상치 못한 행보와 한 가지 사건으로 시끄러웠다.

유전무죄의 전형적인 사건으로 시작은 인터넷이었지만 지금은 온 매체들이 강남구 세 또라이 사건을 보도하고 있었다.

준영이 한 일은 처음 인터넷에 있던 내용을 잘 각색해서 노출이 잘되게만 한 것뿐이었다.

그 뒤로는 네티즌들이 알아서 퍼다 날랐고 곧 방송국에서 다루기 시작하면서 일이 커졌다.

특히 그들이 부모의 힘으로 단 한 번도 처벌조차 받지 않았다는 사실이 거론되면서 사건 당사자보다 부모들이 더 큰 곤욕을 치르고 있는 중이었다.

—상대 부모들이 한 푼도 받지 않고 합의를 하겠답니다. 그리고 피해자 학생들에게 응분의 사례까지 할 테니 고소를 취하해 달랍니다.

불리한 상황에서 역전이 된 것이 기뻤는지 곽 변호사의 목소리는 약간 들떠 있었다.

"제가 고소자도 아닌데 그게 제 맘대로 되겠습니까? 그리고 제 개인적인 생각으론 법대로 했으면 좋겠습니다."

—…법대로 한다면 미나 씨의 실형은 어쩔 수 없을 겁니다.

"감수한다고 했습니다. 그리고 법에도 눈이 있다면 가벼운 처벌로 끝이 나겠죠."

—하지만 합의를 하는 편이 미나 씨의 미래를 위해 좋지 않겠습니까?

"본인이 싫다는데 어쩌겠습니까?"

—…그럼 합의는 없는 것으로 알겠습니다.

상대 부모 입장에선 무척이나 곤란한 상황이니 고소인인 미나 친구들은 물론 곽 변호사까지 회유하려고 노력할 것이 분명했다.

곽 변호사도 협박이나 회유를 당했을지도 모른다.

"줄을 잘 서야 해요, 곽 변호사. 자, 그럼 약간의 힘을 보태 볼까?"

영상통화를 마친 준영은 이미 사라진 곽용호 변호사를 향해 중얼거린 후 이하민에게 접속할 준비를 했다.

헤드셋을 쓰고 이하민이라고 되어 있는 아이콘을 클릭하니 순간 밝은 빛이 눈을 덮쳤다. 그리고 눈을 뜨니 대통령 집무실이었다.

천(天)이 이하민이 뭘 하고 있었는지에 대해 간단하게 문자를 눈에 띄워줬다.

특별한 일은 대부분 천(天)과 준영이 처리하고 있었기 때문에 이하민이 하는 일이라곤 서류에 서명을 하는 것이 다였다.

준영은 한쪽에 쌓인 서류함을 혹시나 싶은 마음에 훑어보기로 했다.

그 전에 스마트폰으로 하트홀릭의 새 앨범을 다운받아 틀었다.

하트홀릭은 이제 언더그라운드 가수라는 이미지를 벗고 지(地)의 세상만큼은 아니더라도 제법 인기를 누리며 승승장구하고 있었다.

"역시 좋아."

지(地)가 작곡을 했지만 예전부터 듣던 노래였기에 콧노래를 부르며 서류를 살펴보았다.

"쩝! 서류는 훑어보고 서명을 했는지 의문이네."

일반 국민들에게 만날 탱자탱자 놀면서 정치 노름만 하는 것처럼 보여도 대통령이 하는 일은 많았다.

그중에서 준영이 간섭하는 것은 경제 부분과 법적인 부분이었다.

한데 북한과 관련된 서류를 보면서 준영은 눈살을 찌푸렸다.

현재의 남북 관계는 8년 전 김정은 정권이 무너지면서 급격하게 가까워지긴 했지만 여전히 통일을 미루고 있는 정세였다.

북한을 남한 수준과 근접하게 맞춘 후 통일을 이루자고 했지만 지금에 와서는 남한도, 북한의 과도정부도 딱히 서두르는 기색이 없었다.

다만 북한은 개성과 원산 일대를, 남한은 철원, 파주, 동두천 일대를 자유무역 구역으로 정해놓고 자유로이 왕래할 수 있도록 해둔 상태였다.

그리고 남한이 잘살다 보니 북으로 경제적 지원을 해주고 있었는데 해가 갈수록 늘어나는 것이 아니라 오히려 줄어들고 있었다.

준영이 보고 있는 서류가 바로 올해 북한에 지원하게 될 물품과 금액에 대한 서류였는데, 올해도 작년보다 조금 더 줄어들어 있었다.

"중국은 늘이고 있는데 우리나라는 줄이고 있다니… 도무지 이해가 안 되는군."

지금처럼 가다간 통일은커녕 북한이 중국의 변방이 될 수도 있었다.

북한 문제만 그런 것이 아니었다. 서류를 보다 보니 눈에 거슬리는 게 한두 가지가 아니었다.

준영은 결국 서류 보기를 멈춰야 했다.

더 이상 일을 만드는 건 무리였다. 지금도 겨우 숨 쉴 정도의 여유밖에 없었다.

대통령의 권한을 일부분 이용하려는 것이지, 진짜 대통령이 될 생각은 추호도 없었다.

그때 노크 소리와 함께 비서실장이 들어왔다.

"대통령님, 서류 결재가 끝나셨으면 식사하실 시간입니다."

"벌써 그렇게 됐나? 오늘은 같이 식사나 하세."

"예, 한데 이런 음악을 좋아하셨습니까?"

비서실장이 준영이 듣고 있던 음악이 의외라는 듯 말했다.

"좋지 않은가? 내가 제일 좋아하는 밴드라네."

준영의 한마디가 나중에 어떻게 될지는 두고 볼 일이었다.

각설하고 비서실장은 이하민 밑에서 오랫동안 있으면서 많은 구린 일을 도맡아 온 사람이었다. 특히 검사 출신으로 검찰 요직에 있는 이들과 친했다.

"요즘 방송이 시끄럽더군."

"어떤 기사가 심기를……."

"나는 말이야. 그만한 자리에 있는 사람들은 그만한 책임을 져야 한다고 생각하네. 자식 문제도 마찬가지야. 자식의 잘못을 무조건 덮으려고만 하고 일벌백계하지 않으면 국민들이 누

굴 욕하겠나?'

인턴제를 없앤다는 말에 국민들의 지지율이 올랐다가 세 또라이 사건 때문에 다시 떨어지고 있었다.

"무슨 말씀인지 알겠습니다. 안 그래도 조치를 취하려고 했는데… 당장 조치를 취하도록 하겠습니다."

"그래, 지지율이야 좀 떨어지면 어떤가? 다만 법은 만인에게 공평해야 하는 법일세. 식사나 마저 하세나."

굳이 이러쿵저러쿵 설명할 필요가 없었다. 운만 띄워두면 비서실장이 알아서 해결할 것이다.

식사를 마친 준영은 집무실로 들어와 접속을 끊으려고 했다.

한데 그때 비서실장이 서명한 서류를 들고 나가는 것이 보였다.

"북한 지원 문제와 장애 아동 지원 대책, 세수 마련을 위한 증세 방안……."

입을 닫고 싶었다. 한데 생각과 다르게 아까 본 서류 중 마음에 걸렸던 것을 주절거리며 말하고 있었다.

"…정확한 설명과 좀 더 나은 방향은 없는지 새롭게 검토해서 올리라고 하게."

"…알겠습니다."

위에 사람이 한마디 하면 밑에 사람들은 죽어나게 마련이지만 그러라고 국민들이 세금을 주는 것이었기에 양심의 가책 따윈 없었다.

다만 자신의 할 일이 또 늘어난 것에 대해 세상 무너질 듯

한숨을 내쉬는 비서실장을 보며 이하민과의 접속을 끊었다.

최고 권력자의 한마디가 얼마나 큰 힘이 있는지 미나의 사건을 통해 알 수 있었다.

사건은 일사천리로 진행되었고 그동안 쉬쉬하며 자신이 당한 일을 숨기고 있던 피해자들도 나서게 됐다.

특히 지(地)가 강남구를 뒤져 확보한 보도—미나 친구들을 꾀어 세 또라이에게 제공했던—가 입을 열면서 그동안의 악행이 적나라하게 드러났고 결국 그들의 부모들에게까지 영향을 미쳤다.

검사는 여론의 뭇매를 맞고 사직을 해야 했으며, 중소기업 사장은 세무감사를 받아야 했다.

국회의원은 여전히 버티고 있으나 뇌물 수수 혐의 의혹이 밝혀지면서 검찰의 조사를 받고 있었다.

미나는 처한 상황에 따른 정당방위는 인정이 되었지만 이미 무력화된 상대에게 무리하게 손을 쓴 점이 문제가 되어 징역 1년에 집행유예 2년을 선고받았다.

"항소하면 실형을 면할 수도 있을 겁니다."

곽용호 변호사는 못내 아쉬운지 법원을 나오는 길에 한마디 했다.

"어떻게 할래?"

준영은 담담한 표정의 미나를 향해 물었고 그녀는 고개를 저으며 말했다.

"안 할래요."

"왜요? 동정 여론이 확산된 지금의 상황이라면 충분히 가능합니다."

"아니에요. 집행유예를 받은 것만으로도 충분히 감사드려요."

"하지만……."

"잘 생각했어. 이번 주까지만 쉬고 다음 주부터는 회사에 나가. 배정철 사장에게 말해뒀으니 회사에서 눈치 주는 사람은 없을 거야."

곽 변호사의 말을 끊은 준영은 미나의 생각을 존중하기로 했다.

사실 지금까지 해준 것만으로도 상급자로서의 도리와 미나 아버지의 무술을 받은 것에 대한 도리는 다한 것이었다.

"곽 변호사님, 사무실 가시는 길에 미나 좀 데려다주세요. 전 다른 일이 있어서."

서울에 온 김에 동지회에 들렀다가 저녁에 다시 내려갈 생각이었다.

"…드릴 말씀이 있어요."

막 차를 타려는 순간 미나가 붙잡았다.

"중요한 일이야?"

이미 과분할 정도로 그녀에게 많은 시간을 투자했다. 사실 오늘 재판에 참여한 것도 그녀의 외삼촌이 시합 때문에 외국에 나가 있어 보호자 겸 온 것이었다.

이제 모두 해결된 이상 더 이상 그녀에게 할애할 시간은 없었다.

그렇게 생각하니 당연히 목소리가 사무적일 수밖에 없었다.

"……."

실형을 선고 받을 때에도 담담하던 미나의 얼굴에 당혹감이 서렸다.

준영은 그런 모습에 한숨을 내쉬곤 타려던 차의 문을 닫고 법원 옆의 조용한 곳으로 갔다.

"할 말 있으면 해."

이번에는 부드러운 목소리로 말했다. 아직까지 어린애라는 생각이 들었기 때문이었다.

"이번 일, 정말 감사드려요."

"응, 그래, 한데 그 얘기 하려고 불러 세운 건 아닌 것 같은데? 편안하게 얘기해."

"그게 저……."

말하기를 주저하고 있는 미나의 얼굴이 붉어지는 것을 보고 준영은 순간적으로 그녀가 무슨 말을 할지 짐작할 수 있었다.

"…당신을 좋아합니다."

짐작이 맞았다.

준영은 잠깐 생각을 정리했다.

가상현실에서 모델 같은 몸매에 조각에 비유되는 얼굴을 가지고 있을 때 고백을 받은 적이 많았다. 하지만 그때마다 어떻게 말해야 할지 곤란했었다.

그저 들어주고 받아줄 수 없음을 설명할 수밖에 없었다.

"갑작스러운 고백이네?"

"일방적이라는 것 잘 알아요. 또한 제가 감히 넘볼 수 없는 사람이라는 것도 알아요. 그저⋯ 후회를 남기고 싶지 않아서 고백이라도 하고 싶었어요."

자기감정에 솔직하고 똑똑한 아이였다.

"넘볼 수 없는 사람이라는 말에는 동의하지 않지만 일단 고백해 준 것에 대해 고마워. 근데 나, 좋아하는 사람이 있어서 받아줄 수가 없어."

"⋯알아요."

"마음속에 담아두는 것보단 차라리 이렇게 하는 편이 낫겠지."

"이해해 줘서 감사해요."

"아냐. 분명 나라고 해도 너처럼 했을 거야. 그리고 금방 새로운 사람이 찾아올 거야."

"그러길 저도 바라요."

고백을 한 것만으로도 기분이 풀렸을까? 미나는 한결 편안한 얼굴이 되어 말했다.

"다음 주부터 회사 꼭 출근해라. 안 하면 지금까지 들어간 비용 다 청구할 테니까."

"헤헤. 그럴게요."

"그럼 난 일이 있어서 먼저 가볼게."

애써 밝은 척하려고 평소에 하지 않던 귀여운 말투까지 쓰고 있었지만 그것이 곧 슬픔이 터져 나오기 직전의 모습이라는 걸 알기에 준영은 서둘러 자리를 벗어나려 했다.

차를 타기 전 뛰어난 청각이 나지막이 우는 그녀의 울음소리를 잡아냈다. 그러나 준영은 잠깐 멈칫거렸을 뿐 차에 올랐다.

그가 할 수 있는 일이 없었기 때문이다.

그렇게 미나와의 짧은 인연은 끝이 났다.

7장

모의

"대통령이란 작자가 경제는 생각도 하지 않고 어떻게 그런 얼토당토하지 않은 일을 벌이는 건지 도무지 이해가 되지 않아요!"

매년 그룹 전체적으로 본다면 수천 명의 인턴들을 모집해 그중 삼분의 이는 그냥 내보내고 있는 GN그룹의 안충식 회장이 친한 경제인들 모임에서 목에 핏대를 세우고 이하민을 욕하고 있었다.

"제 생각도 안 회장님과 같습니다. 한데 어쩌겠습니까? 지금 가장 권력이 강할 때 아닙니까? 괜히 밉보였다간 불똥이 튈 수도 있는 일입니다."

진양그룹의 금호민 회장이 그의 말에 동조를 하면서도 어쩔 수 없는 일이라고 말했다.

"지금이 5공입니까, 6공입니까? 경제인들이 모여 한 목소리를 내면 설령 대통령인들 어쩌겠습니까?"

안충식 회장의 목소리는 쉽게 가라앉지 않았다.

"선거 전에는 찾아와서 갖은 아양을 다 떨더니 이제 대통령이 되었다고 뒤통수를 치는 사람이 이 나라의 수장이라니 참 부끄럽습니다."

"허어~ 안 회장, 누가 듣기라도 하면 어쩌려고……."

듣다못해 모임을 주도하는 LC그룹 전 회장인 백진호가 한마디 했다.

다른 사람은 몰라도 백진호의 말에는 꼼짝도 못하는 안충식이었다.

그래도 억울한지 아까완 달리 낮은 목소리로 중얼거렸다.

"…백 회장님께서는 억울하지도 않으십니까?"

하지만 그런 안충식을 보는 백진호의 눈은 곱지 않았다.

'욕심 많은 놈, 그렇게 작작 좀 하지.'

인턴제에 대한 부정적 시각은 이미 오래전부터 계속되어 오고 있었다.

그러나 기업들과 단체들—심지어 인권을 보호한다는 국가인권위원회마저도—은 거의 공짜로 쓸 수 있는 노동력인 인턴을 포기하기가 너무 아까웠다.

또한 일부 기업들은 인턴 채용률을 해마다 줄이면서 더 많은 인턴을 뽑기도 했다. 그 대표적인 기업이 GN그룹이었다.

GN그룹 입장에선 지난 10년 동안 인턴을 했던 이들에게 당시 신입 사원 초봉을 기준으로 돈을 지급한다면 그룹의 1년 순수익이 날아갈 형편이니 펄쩍 뛰는 건 당연한 일이었다.

"내가 볼 때 느낌이 좋지 않아요. 그러니 다들 목소리를 낮추고 지내야 할 겁니다. 혹여 시범 케이스에 걸리지 않도록 주의하세요."

백진호는 연신 투덜대고 있는 안충식을 무시하고 모임의 회원들에게 말했다.

그의 오랜 연륜이 이하민이 무척 위험한 인물이라고 계속 경고를 보내왔기 때문이었다.

"제 생각도 그렇습니다. 그의 행보를 볼 때 언제 또 다른 불똥이 튈지 모르니 만반의 준비를 해야 할 겁니다."

"전 이미 그룹 차원에서 자체 감사에 들어갔습니다."

"저도요."

대부분의 사람들이 위험을 감지하고 대책을 마련하고 있는 반면 그렇지 않은 이들도 있었다.

그들은 이하민을 조심해야 한다는 사람들의 말을 못마땅해하면서 비슷한 생각을 가진 사람들과 눈빛을 교환했다.

그리고 그들은 모임이 끝난 후 따로 자리를 마련했다.

GN그룹의 안충식, 케이블 방송국을 소유한 한운홀딩스의 심영철, 국내 5대 로펌 중의 하나를 운영 중인 오진민, 인터넷 포털 사이트를 가진 고우형 등 모두 여섯이었다.

쾅!

안충식은 들고 있던 양주잔을 거칠게 대리석 테이블 위에 내려놓으며 모임 회원들 중 친하게 지내는 심영철에게 말했다.

"백 회장, 그 양반은 회사를 아들에게 넘겼을 때 모임에서도 물러났어야 해. 안 그런가?"

"자네 말이 맞네. 회사에서 물러날 땐 적기를 알더니 모임에선 왜 모르는지 모르겠어."

심영철이 비어 있는 안충식의 술잔을 채우며 맞장구를 쳤다.

"에잉! 그 양반도 나이가 들어 겁이 많아져서는……."

다시 술잔을 들이켜는 안충식.

심영철의 맞장구에 옳다구나 하고 목소리 높여 욕할 것 같던 그는 대통령을 욕할 때와 달리 백진호에 대한 얘기는 길지 않았다.

GN그룹이 자금 압박을 받을 때 구원을 해준 은인이 백진호였기에 불평은 할지언정 존경심을 잃지는 않았기 때문이었다.

"이하민, 그 꼴통은 도대체 무슨 생각을 하는지 모르겠단 말이야."

"그러니 꼴통이라는 소리를 듣는 거지요. 집권한 지 고작 한 달도 되지 않아 나라 안팎이 시끄러운 거 보면 5년간 어떻게 버텨야 할지 막막합니다."

"5년 안에 우리나라 경제가 바닥으로 곤두박질친다는 데 제 손목을 걸겠습니다."

여섯의 공통된 화제는 역시나 이하민이었다. 안충식이 운을 띄우자 여기저기서 헐뜯는 소리가 터져 나왔다.

"하하하! 그럼 나도 내 손목을 걸지!"

모임에서와 달리 자신의 말에 모두 한마음이 된 듯 말을 해 주니 약간이나마 스트레스가 풀리는 것 같았다.

그렇다고 한 그룹의 오너이자 최고 경영자인 안충식이 바보는 아니었다.

말로는 욕을 하고 당장 반발할 것처럼 굴었지만 대통령이 가진 힘의 크기를 잘 알고 있었기에 속으로는 이미 인턴제 폐지와 관련된 사항을 거의 받아들인 상태였다.

'끄응! 그래도 그 쓸모없던 놈들에게 돈을 줄 생각을 하니 짜증이 나는군.'

대충 계산해 봐도 수천억은 될 터였다.

엄밀히 따지면 회사 돈이었지만 회사 돈이 곧 자신의 돈이었으니 배가 아팠다.

실컷 욕을 하며 낄낄거리다가 술이 조금 더 들어가자 분위기는 진중하게 흐르기 시작했다.

"영철이, 자네는 얼마나 될 것 같은가?"

"글쎄? 건설사와 방송국을 합치면 대략 천삼사백억은 될 거야. 뭐, 자네에 비하면 적은 금액이겠지만 회사 규모로 보자면 꽤 큰 금액이지. 다른 사람들은 어때?"

"저흰 삼백억 정도 예상하고 있습니다."

"저희는 이백억 정도……."

금액에 차이는 있었지만 금액을 말할 때 생돈을 날리는 듯한 표정을 짓는 건 일치했다.

그때 금액을 말하다 보니 화가 솟구치는지 고우형이 톤을 높여 말했다.

"대학을 졸업하고 회사 생활이라는 걸 아무것도 모르는 애송이들을 교육 좀 시켜 채용하겠다는데 그게 이상한 겁니까? 오히려 회사 입장에선 교육비를 받아야 하는 거 아닙니까? 그런데 돈을 주라니 정말 말도 되지 않습니다."

인턴 생활을 하고 채용조차 되지 못했던 수많은 사람들이 고우형의 말을 들었다면 당장 입을 찢어버리고 싶은 심정일 것이다.

아무것도 모르고 배워야 하니 회사에 입사해서 신입 사원이라는 딱지를 달게 되고 적은 돈을 받게 되는 것이다. 다 알고 들어간다면 경력직이지 그게 무슨 신입 사원이겠는가.

"고 사장 말에 나도 동의하네. 내가 모임에서 주장하고 싶었던 말이 그것이라네. 하지만 다 같이 한목소리를 내도 시원찮을 판국에 꼬리는 내리는 작자들이 더 많으니 어쩌겠는가. 소수인 우리가 따를 수밖에. 자자! 들게. 술로 아픈 속을 달래보자고."

안충식은 가라앉는 분위기를 띄우고자 술을 권했다. 한데 오진민이 검지로 안경을 위로 올리며 의미심장한 말을 했다.

"소수가 아닐지도 모릅니다. 아니, 설령 소수라고 해도 방법이 없는 것도 아니고요."

"방법이 있다?"

안충식이 권하던 술잔을 내려놓으며 관심을 보였고 좌중의 시선이 일제히 오진민을 향했다.

"국민들은 진실보다는 눈에 보이는 대로 믿습니다. 정부에서 아무리 좋은 일을 하려고 해도 여론이 잘못됐다고 말하면 알아보지도 않고 잘못된 정책이라 인터넷에 떠드는 이들이 대부분이죠. 아니, 진실을 말하려는 사람을 수구 앞잡이로 모는 경우도 있습니다."

많은 이들이 여론을 이용해 자신의 이익을 실현시키려 했다. 진실은 중요하지 않았다.

거짓으로 한바탕 휘몰아친 뒤 진실은 신문의 보이지 않는 귀퉁이에서 가볍게 언급되는 것으로 끝이 나니 결국 사람들의 뇌리엔 거짓이 진실인 것처럼 남게 마련이었다.

오진민의 말을 못 알아듣는 사람은 아무도 없었다.

모두 한 번쯤은, 아니, 진실을 감추기 위해, 거짓을 진실로 만들기 위해 수없이 해본 일이었다.

하지만 상대가 대통령이었기에 가능할 것인지 의문을 표했다.

"임기 말이라면 모르겠지만 정점이라 할 수 있는 지금 과연 통하겠는가? 잘못하면 크게 다칠 수 있는 일이야."

"다칠 일이 뭐가 있겠습니까? 누가 했는지 아무도 모를 텐데요. 그저 운만 띄워두면 확대 재생산될 테니 아무 걱정 없을 겁니다."

"하긴 모든 경제인들이 의심의 대상이 될 텐데 모두 조사할

수는 없겠지. 그러나 확실하지 않으면 수천억을 손해 보는 걸
로 끝나지 않을 거야."

"두려우면 대통령이 하라는 대로 하는 수밖에요. 하지만 여
기 모인 분들의 면면을 보십시오. 모든 것이 완벽하지 않습니
까? 인터넷과 방송, 그리고 로펌이 있는데 무서울 게 뭐가 있
겠습니까?"

솔깃한 말이었다. 대통령의 권력이 무섭긴 했지만 앉아서
당하기는 싫었다.

설사 대통령이 안다고 해도 GN그룹의 경제적 파급력을 생
각한다면 큰 처벌은 없을 것이다.

그리고 그때가 되면 지금까지처럼 얼마 집어주면 끝낼 수
있을 것이라 생각이 들었다.

"그리고 이하민 대통령에게 불만이 있는 사람들이 과연 저
희들뿐이겠습니까? 일단 시작되면 불만 있는 사람들과 어떻게
해야 할지 고민하던 사람들이 한 발 걸치려고 할 테고 그렇게
사람들의 힘이 모이면 그도 한 발짝 물러날 수밖에 없을 겁니
다."

오진민의 말에 곰곰이 생각해 보니 충분히 가능할 것 같았다.

굳이 자신이 나설 필요도 없었다. 약간의 돈만 주면 나설 사
람들은 많았다.

생각을 마친 안충식은 지금까지완 달리 조용한 어조로 사람
들을 둘러보며 말했다.

"자네들이 돕는다면 한번 해보는 것도 나쁘지 않을 것 같은

데……."

"재미있을 것 같군."

심영철이 반쯤 마시던 술을 단번에 들이켜곤 음흉한 미소를 지으며 말했다.

"권력이 재력에 비하면 얼마나 허망한 것인지 알게 해주는 것도 나쁘지 않겠죠."

오진민이 안경을 올리며 합세했다. 그리고 나머지 사람들도 일제히 한마디 하며 안충식의 말에 동의했다.

"그럼 어떻게 해야 할지 얘기를 해보자고."

술자리는 음모의 장소로 바뀌었다.

인턴제 폐지와 과거에 인턴을 했던 이들에게 일한 대가를 지불하게 되면 기업의 투자 위축과 함께 올해 신입 사원 고용이 줄어들 거라는 소문이 돌기 시작했다.

별거 아닌 지라시 수준에 불과한 기사는 처음엔 대중들에게 큰 관심을 받지 못했다.

그러나 비용 지불 때문에 중소기업 중 한 곳이 폐업을 선언하면서 세간의 주목이 서서히 집중되었다.

인터넷의 각종 블로그에선 인턴제 폐지가 예비 취업자들에게 미치는 영향과 투자 위축으로 인한 경제적 손실이 얼마나 되는지를 다뤘고, 아무 생각 없이 그 글을 믿은 이들이 정부를 비난하는 댓글을 달았다.

일이 서서히 커지자 방송국들도 일제히 이 문제를 다루었

다. 광고비로 운영되는 방송국의 특성상 기업의 눈치를 볼 수
밖에 없었기에 긍정적인 의견보다는 부정적인 의견이 지배적
이었다.

　—신입 사원 채용이라는 것은 기업의 권리입니다. 그것에 대해
서 정부가 왈가왈부하는 것은 사실 권력의 횡포라고 할 수 있죠.
　—긍정적으로 보는 사람들도 있습니다. 아니, 절대 다수가 인턴
제 폐지를 환영하고 있습니다.
　—결국 절대 다수에게 피해가 간다는 걸 왜 모르십니까? 폐업을
선언한 기업을 봐서 알고 있겠지만 기업이 어려워지면 국가 경제는
물론이고 그 피해가 일반인들에게 그대로 돌아가게 되는 겁니다.
　—중소기업 한 곳이 지불 비용 때문에 폐업을 선언했다고 너무
일반화시키는군요. 그리고 폐업을 선언할 정도라면 그동안 인턴이
라는 명목으로 얼마나 많은 청년들의 노동력을 착취했다는 말입니
까? 인턴제 폐지는 당연히 환영받아야 할 일입니다.
　—거참, 말씀 못 알아들으시는군요. 기업에서 지금까지 해오던
채용도 하지 않으면 어쩔 셈입니까? 그리고 경제가 망가지면 당신
이 책임질 겁니깨!

　흔한 TV 토론 프로그램을 보는데 천(天)이 고개를 절레절레
흔들며 말했다.

"역시 사람들은 재미있다니까. 옛 권력자들이 우민화정책을 이래서 했나 싶어."

"우민화정책과 비교하면 안 되죠. 지금은 배울 만큼 배우고 알 만큼 알지만 그냥 침묵하는 것뿐이에요."

"침묵이 더 나쁜 거야. 그걸 이용해 정치인이든 기업인이든 잇속만 챙기는 거 아냐? 그게 우민화정책과 다를 바가 뭐가 있지?"

틀린 말은 아니었다.

하지만 쇠귀에 경 읽기라고 아무리 목소리를 높여 말해도 듣지 않으니 포기한 사람들이 많았다.

물론 그게 잘한 일이라고 말하고 싶진 않았다.

"언젠가는 바뀌겠죠."

TV를 보는 준영의 눈은 묘한 분노로 이글거리고 있었다.

＊　　　　＊　　　　＊

아침저녁으로 쌀쌀한 걸 제외하곤 완연한 봄 날씨가 되었다.

성심테크에서 일할 경력 사원 면접 때문에 서울에 올라온 준영은 늦은 시간에 동지회를 찾았다.

평소에 조용하던 2층 카페가 웬일로 시끄러웠다.

"무슨 일인데 이렇게 소란스러워요?"

준영은 입구에서 맞이해 주는 구영진에게 물었다.

"요즘 방송이 시끄러운 것과 같은 이유에서지."

"오호! 자주 있는 일인가요?"

"사회적 이슈가 있을 땐 항상 이렇지. 너도 가서 대화에 끼어봐."

"전 상관없는 일이잖아요."

준영의 말에 구영진은 이해했다는 듯 고개를 끄덕였다. 그리곤 곧 다른 얘기를 꺼냈다.

"너 요즘 인력 스카우트에 나섰다며? 괜히 우리 회사 직원들에게 찝쩍거리지는 마라."

"장담은 못 하겠네요. 그래도 기술직이 아닌 영업직이니 이해해 주세요."

구성전자의 영업과장 중 한 명과 만나고 온 길이라 뜨끔했지만 너스레를 떨며 넘겼다.

"한데 구성전자는 어쩌기로 했어요?"

"인턴? 정부에서 하지 말라고 할 땐 일단 듣는 게 좋아. 나중엔 어떻게 될지 모르지만 말이야. 물론 내 개인적인 생각이지만."

사소한 정보에서 중요한 정보를 잡아낼 수 있기 때문에 부를 축적하고 그 부를 유지할 수 있는지도 몰랐다.

이하민의 꼴통 짓을 보고 위기감을 느끼고 몸을 사리는 이들이 많았다.

하지만 수십 년간 대한민국 경제를 좌지우지하다 보니 그런 감각이 사라진 이들도 있었다.

"…잘못된 것을 잘못됐다고 말하지 못한다면 과거 군사독

재 시절과 다를 바가 뭐가 있어? 여론이 우리 쪽으로 왔을 때 힘을 모아 바로 잡을 필요가 있다고 생각해."

"하지만 잘 생각해야 해. 인터넷이나 일부 종편에서 시끄럽긴 하지만 공영방송이라는 3사에서는 조용하잖아. 눈치를 본다는 거야. 현 정부가 야당의 대선 후보를 총리로 임명해서 입법부까지 쥐고 있는 상황에서 함부로 움직이기엔 위험해."

양측으로 나눠진 이들은 첨예하게 대화를 나누고 있었다.

그러나 목소리만 약간 클 뿐이지 치열하지는 않았다. 싸움이 아닌 토론 중이었다.

준영은 얘기가 들리는 적당한 위치에 앉아 귀만 열어두고 천(天)이 분류해 준 인터넷 기사들을 찬찬히 살폈다.

"가평에 내려가서 한동안 못 올 것 같다더니 웬일이야?"

인턴제 폐지 찬성 측에 앉아 열변을 토하던 백연화가 다가오며 물었다.

"인력 스카우트 때문에 올라왔어. 한 며칠 서울에 있을 생각이야."

"그래?"

턱 하니 옆자리에 앉는 백연화.

"토론 중 아니었어?"

"어차피 결론도 나지 않는 일에 더 이상 심력을 낭비하고 싶지 않아."

"내일 토요일이니 끝장 토론이라도 한번 해보지 그래?"

"됐거든. 재미있어 보이면 네가 해보든가."

"신생 회사라 인턴을 뽑아본 적이 있어야 끼어들든가 하지. 괜히 나 같은 사람이 생기면 틈만 생겨서 같은 의견을 가진 사람들도 싫어할 거야."

"맞는 말이긴 하네. 한데 성심기계가 예전 한동기계일 때는 인턴을 뽑지 않았었나?"

뽑았었다. 그리고 실제로 정부에서 인턴 자료를 요구해 넘기기까지 했다.

그러나 인턴을 이용했었던 책임이 있는 곳은 한동그룹이었다. 준영은 이용해 본 적도 없었던 인턴들에게 돈을 줄 생각이 없었기에 모조리 한동그룹의 책임으로 돌려 버렸다.

"한동그룹에서 책임질 일이지. 정부에서도 그렇게 생각하고 있고."

"그래? 정부에서 융통성이 있어 다행이군."

준영은 옆에서 조잘대는 백연화와 대화를 하면서도 토론을 하는 이들의 말에 귀를 기울였다.

어느 그룹의 아들이 어떤 생각을 가지고 있는지는 나중에 요긴하게 써먹을 정보였기 때문이었다.

준영이 동지회에 든 이유도 이런 정보를 얻기 위해서였다.

"아! 맞다! 그러고 보니 인턴제에 대한 네 의견을 들어본 적이 없는 것 같은데?"

백연화는 뭔가 중요한 일이라도 기억났다는 듯이 말했다. 당연했다. 준영은 인턴제에 대해 자신의 의견을 말한 적이 없었다.

"내 생각이 중요한가?"

"중요하진 않지만 궁금해. 네가 어떤 생각을 하고 있는지 말이야."

"딱히 이렇다 할 생각은 없는데?"

"빼지 마. 첫날의 너답지 않아."

백연화는 집요한 성격이었다.

자신이 동지회 장소를 처음 방문한 날 토론에 불을 붙였던 일까지 언급하자 어쩔 수 없다는 듯 말했다.

"인턴제 자체가 나쁘지는 않아. 다만 그 기간이 길고 교육보다는 노동력이라 생각하고 악용하는 이들이 많아서 그렇지."

"나랑 같은 생각이네. 반대 측에서 나왔던 의견인데 폐지가 아닌 원래의 목적대로 돌아가자는 의견에 대해선 어떻게 생각해?"

"웃기는 소리야. 이미 삼십 년 가까이 이용해 먹다가 폐지시킨다니까 원래의 취지로 돌아가자고? 그 말은 이하민 정권이 끝나면 다시 노동력 착취를 하겠다는 소리로밖에 들리지 않아."

"윽! 너무 직설적인데?"

말을 하지 않는다면 모를까 말한 이상 꺼릴 것이 없었다.

그때 뒤에서 누군가가 말했다.

"마치 내가 들으라는 듯 말하는군."

뒤돌아보니 인턴제 폐지 반대편에 있었던 GN그룹의 황태자인 안명환이 와인과 잔을 든 채 서 있었다.

"단지 제 의견을 말했을 뿐입니다만. 그리고 뒤에 계신 줄도 몰랐고요."

"하하! 농담이야. 앉아도 될까?"

인사를 나눴던 사이였고 안명환의 나이가 서른이 넘었기에 그는 준영에게 자연스럽게 반말을 사용했다.

"물론입니다. 한데 토론 장소에 가보셔야 하지 않으세요?"

"별로. 누군가가 사라져서 시들해졌거든."

안명환이 백연화를 보며 말을 이었다.

"그리고 여기가 더 재미있을 것 같고."

"토론을 할 생각은 없습니다."

"나도 토론할 생각 없어. 다만 술이나 한잔하면서 얘기나 나누자는 거지."

별로 마음에 들지 않는 제안이었지만 동지회의 회원이 된 이상 마냥 거부할 수만은 없었다.

세 사람의 잔에 와인이 채워지자 한 모금 마신 안명환이 얘기를 시작했다.

"기업의 존재 이유는 뭘까?"

막연한 질문.

답을 바라는 질문이 아님을 알기에 준영은 와인을 마시며 듣기만 했다.

"내가 생각하기엔 이익 창출이라고 생각해. 그래서 주주들을 만족시키는 거지. 그런 면에서 볼 때 인턴제도 기업이 이익 창출을 위해 이용할 수 있는 하나의 수단이라고 생각하면 안 되는 건가?"

말이야, 방귀야?

준영은 안명환의 어이없는 말에 듣고만 있으리라는 생각을 접고 포문을 열었다.

"기업 윤리도 있죠. 취업을 미끼로 젊은 노동력을 제대로 된 대가도 지불하지 않고 이용하는 건 수단이라기보단 사기죠."

"입이 꽤 거친 친구군. 사기란 사사로운 이익을 위해 남을 속일 의도를 가지고 있어야 사기지. 인턴은 기업에 적합한 인재를 뽑고자 선별하는 과정이야. 그걸 사기라고 말하는 건 너무하지 않나?"

"그렇게 생각할 수도 있겠죠. 하지만 신입 사원으로 채용할 인원보다 적성검사와 3차에 걸친 면접을 통과해 뽑은 인턴들이 너무 많다는 게 문제죠. 이미 과반수를 버릴 걸 예상하고 뽑는 인턴이 과연 정상적으로 보십니까? 그리고 만일 정상적이라면 그들이 제공한 노동력에 대한 대가를 정당하게 지불해야겠죠."

"인턴의 의미를 모르는군. 그들은 회사 생활을 배우러 온 사람들이야. 교육 커리큘럼을 제공하고 교통비와 식비, 그리고 일정한 금액을 주는 것도 회사로서는 큰 투자를 하는 거야."

"저보다 더 모르시는 것 같은데요? 굳이 인턴으로 왜 회사 생활을 배워야 하는 거죠? 그들이 정직원으로 채용될 때 경력직 월급을 주고 있는 겁니까? 흔히 대학 생활을 하고 나오면 아무것도 모르니 처음부터 가르쳐야 한다고 투덜대는 분들이 계시더군요. 당연한 겁니다. 그러니 그들을 신입 사원이라고 부르고 가장 낮은 연봉을 책정하는 것이죠."

"신입 사원이라도 갖춰야 할 것은 필요한 법이야. 그래서 인턴이 필요하고."

"신입 사원을 뽑는 과정이 투자입니다. 그리고 그 신입 사원이 제대로 일을 할 때 투자에 대한 이익을 얻는 것이고요."

"그럼 신입 사원이 손해를 입히는 건 어떻게 생각하나?"

"투자에 대한 리스크죠."

"인턴제가 그 리스크를 줄여준다는 생각은 하지 않나?"

"고용을 투자로 본다면 맞는 말입니다. 또한 회사의 입장에서만 본다면 그럴싸한 얘기죠. 하지만 인턴인 사람의 입장에선 어떻겠습니까? 그들 입장에서는 청춘의 소중한 한때를 투자하는 겁니다. 그러니 인턴 기간 동안의 정당한 보수와 함께 채용률을 높여야죠."

"그들이 해당 회사에 취업하기를 원하니 그만한 투자는 필요하지."

"그렇게 세상을 만들어놓고 당연히 희생을 해야 한다고 말하는 건 기업의 논리죠."

애초에 말로 좁혀질 거리가 아니었다.

생각이 다르고 살아온 환경이 다른데 단숨에 설득될 리 만무했다.

한참을 더 얘기했지만 말만 바뀔 뿐 결론은 평행선을 달렸다.

"자네는 마치 경영자가 아닌 직원처럼 말하는군."

"2년 전만 하더라도 하루 일당을 받던 아르바이트생에 불과했으니까요."

"…대화 즐거웠네. 다음에 한잔하지."

준영이 그의 말에 답답함을 느끼듯이 그 또한 그랬는지 결국에 자리에서 일어나 다른 곳으로 가버렸다.

그때까지 숨죽이며 두 사람의 대화를 듣던 백연화가 다소 과장된 표정으로 말했다.

"이야! 저 오빠 한 성깔 하는데 전혀 지지 않고 받아치다니 너 성격도 장난 아니구나?"

"성격 차이가 아니고 생각의 차이거든."

"그거나 그거나."

다르다고 말해주고 싶었지만 안명환에 이어 백연화와 토론을 하고 싶지는 않았기에 입을 다물었다.

"근데 너, 그거 알아?"

"뭘?"

"명환 오빠 뒤끝 작렬이라는 거. 아마 이곳에서 생활하기 힘들지도 몰라."

"아마 그럴 일은 없을걸."

"왜? 나중에 화해라도 할 생각이야?"

"글쎄?"

준영은 어깨만 으쓱할 뿐 말을 하지 않았다.

"어쭈! 친구끼리 못 할 말이 어디 있다고. 얼른 말하지 못해?"

백연화는 집요한 성격답게 몇 번 더 물어봤지만 준영은 아에 무시를 하고 와인을 마셨다.

"명환 오빠가 내 말은 잘 들어줘서 화해시켜 줄려고 했더니만… 나중에 후회해도 소용없다?"

설령 동지회에서 왕따를 당한다고 해도 후회할 일은 없었다.

준영이 워낙 반응이 없자 백연화도 지쳤는지 화제를 전환했다.

"이 시간 이후로 뭐 할 거야?"

"라이브 클럽이나 갈 거야."

"그래? 나도 한가한데 같이 가자."

"됐거든. 혼자가 편해."

"라이브 클럽이 아니라 부비부비 클럽 가려는 거 아냐? 그렇다면 이해해 주지."

"나 애인 있거든."

"중국에 있다는 그 애인? 남자가 애인 있다고 계집질 안 하니? 별 우스운 소리 다 듣겠네. 차라리 나랑 다니기 싫다고 솔직히 말해!"

하여간 백연화는 복장만 제외한다면 남자인지 여자인지 모를 애였다.

삐졌는지 휑하니 고개를 돌리고 있는 모습을 보자니 마음이 약해졌다. 그래서 슬며시 물었다.

"락(Rock) 좋아하냐?"

"뭐?"

"락 음악을 주로 하는 라이브 클럽 갈 거야. 시끄럽게 느껴질 것 같으면 아예 안 가는 게 좋을 거야."

"좋아해! 내가 하트홀릭이라는 밴드를 얼마나 좋아하는데."

"그래?"

가수 취향까지 비슷하다니 친구로서는 정말 손색이 없었다.

남녀 관계에 친구가 존재할 수 없다고 생각하는 입장이었는데 백연화라면 왠지 친구 관계가 가능할 것 같다는 생각이 들었다.

준영은 백연화를 데리고 동지회를 빠져나와 하트홀릭이 깜짝 공연을 한다는 락앤술로 향했다.

8장

반격

설호영은 12시가 되어 잠에서 깼다.

부스스한 모습으로 일어난 그는 가장 먼저 컴퓨터 전원을 켰다. 그리고 스마트폰을 통해 아침 겸 점심을 주문했다.

"어떤 댓글이 달렸는지 볼까?"

고글을 쓴 그는 자신이 관리하는 블로그를 방문해 자신의 글에 어떤 댓글이 달렸는지 확인했다.

"훗! 이 자식 봐라. 또 댓글을 달았네?"

자신이 블로그에 올린 내용에 반한 댓글을 단 사람이 있었다.

"지금까지 내가 너무 얌전하게 글을 써줬지? 그래서 까부는 모양인데 오늘로 종지부를 찍어주지."

마치 글쓴이가 눈앞에 있기라도 하듯 중얼거린 설호영은 두 손에 글러브를 끼고 본격적인 답글을 적기 시작했다.

지금까지완 달리 비하성 발언까지 서슴지 않고 사용하며 인 턴제 폐지를 옹호하는 글에 대한 반박을 했다.

설호영은 과거 취업을 하지 못하고 있을 때 인터넷에서 키 보드 워리어로 활동을 했었다.

연애, 결혼, 육아, 인간관계, 내 집 마련을 포기한 '5포세대' 라 불리던 그는 사회적 불만을 인터넷이란 공간에서 풀어내고 있었다.

그러다 우연히 정부를 비판한 글을 썼다가 인생이 바뀌게 되었다.

처음엔 소수의 인원이 그의 글에 매료되었지만 계속 쓰다 보니 점점 늘어 어느새 파워 블로거가 되어 있었다.

그때부터 이상한 사람들의 전화를 받게 되었다.

원하는 글을 쓰면 돈을 준다는 얘기.

망설일 이유가 없었다.

때론 정부를 옹호하는, 때로는 비판하는 내용이었지만 돈만 주면 어느 쪽이든 개의치 않고 글을 쓰게 되었다.

이번에도 마찬가지였다.

인턴제 폐지에 대해 비판적인 글을 적으면 제법 두둑이 준 다는 말에 매일같이 글을 올리고 댓글에 답글을 적어주고 있 었다.

"이 정도면 이젠 포기하겠지."

자신이 적어둔 글을 다시 한 번 읽어보며 흐뭇하게 웃던 설호영은 벨 소리에 점심이 도착한 줄 알고 문을 열었다.

한데 배달원이 아니라 낯선 세 명의 남자들이었다.

"어? 누구시죠?"

"설호영 씨, 저희랑 잠깐 같이 가주셔야겠습니다."

설호영은 순간 가슴이 철렁 내려앉는 기분이었다. 분위기를 볼 때 정부에서 나온 사람들이 분명해 보였다.

하지만 순순히 끌려갈 생각은 없었다.

"당신들, 체포 영장 가지고 왔어? 정보기관 같은 곳에서 나온 모양인데 민주주의 사회에서 이래도 되는 거야?"

크게 소리치고 나니 심장의 두근거림이 가라앉고 용기도 생기는 것 같았다.

"영화를 너무 보셨군요. 저흰 강북 경찰서 사이버 수사대에서 나왔습니다. 뇌물 수수를 통해 거짓 정보를 인터넷에 올리셨더군요. 이에 체포합니다."

사내들은 체포 영장을 보여주며 미란다원칙을 말하고 있었지만 설호영에게는 들리지 않았다.

정신을 가까스로 추스른 설호영은 머릿속에 떠오르는 생각을 말했다.

"그, 그건… 제 개인의 생각을 적은 것뿐입니다. 자, 잘못 알고 계시는 겁니다."

"조사해 보면 나오겠죠. 서까지 동행해 주셔야겠습니다."

양옆으로 건장한 형사 두 명이 다가와 팔을 감싸기에 움찔

달싹도 할 수 없게 되었다.

"이, 인터넷에 개인적인 생각도 적지 못합니까?"

반쯤 끌려가며 유일하게 움직일 수 있는 입을 놀려보지만 형사들은 무표정한 표정으로 길을 재촉할 뿐이었다.

결재 서류를 보고 있는 안충식에게 비서실장이 다가와 속삭였다.

"회장님, 일을 시켰던 친구들이 조금 전에 경찰에 끌려갔답니다."

"…연결 고리는?"

"그 친구에게 일을 시켰던 사람은 일본으로 휴가나 다녀오라고 했으니 몇 시간 후면 한국에 없을 겁니다."

안충식은 비서실장이 적절한 조치를 취했음에도 왠지 불안한 마음이 들어 말을 이었다.

"정부에서 알아차렸을 가능성은?"

"없습니다. 겉으로는 일단 과거 인턴으로 일했던 이들에게 위로금을 지불한다는 입장을 취하고 있기 때문에 저희 쪽에서 손을 썼다는 건 알지 못할 겁니다."

"음… 혹시 모르니까 주변에 입단속들 시키게."

"알겠습니다."

비서실장이 나가자 안충식은 전화기를 들어 같이 일을 도모했던 친우 심영철에게 현 상황을 말해주려고 전화를 걸었다.

─자네가 이 시간에 무슨 일로 전화를 걸었나?

"알려줄 말이 있어 걸었네."

—무슨?

"정부 쪽에서 움직이는 모양이야. 인터넷에 글을 적게 했던 이들이 오늘 모두 잡혀 들어갔어."

—…너무 잠잠하다 했더니만.

"조심하게. 자네 방송국에서 비판적인 기사를 내지 않았나."

—걱정 마. 이럴 때를 대비해 바지 사장을 앉히는 거 아닌가.

"그렇다면 다행이고. 노파심 때문인지 모르지만 기다렸다는 듯이 덮친 것이 마음에 걸려. 조심하게."

—자네도 이제 늙었군.

"예끼! 그딴 소리 할 거면 끊어."

심영철과 티격태격해서일까 불안한 마음이 사라지는 듯했다.

한데 그때 수화기 건너편이 갑자기 소란스러워졌다.

—잠깐만. 누가 온 모양이야.

심영철이 전화기의 종료 버튼을 누르지 않아 대화 내용이 그대로 전달되었다.

—당신들은 누군데 이렇게 함부로 들어오는 거야!

—국세청에서 나왔습니다.

—국세청이 왜?

—세금 포탈이 이루어지고 있다고 익명의 제보가 들어왔습니다.

—익명? 웃기는군. 국세청장에게 당장 전화를 걸어 확인해 봐야겠어.

─그러시지요. 그럼 저희는 일을 하겠습니다.

심영철과 국세청 직원의 대화를 듣던 안충식의 머릿속에 '함정'이라는 두 글자가 떠올랐다.

＊　　　＊　　　＊

이하민에게 접속한 준영은 비서실장의 보고를 듣고 있었다.

"돈을 받고 인터넷에 글을 올린 이들과 중간에서 돈을 건넨 사람을 붙잡았습니다. 하지만 돈을 건넨 자가 입을 다물고 있어 혐의를 입증하기는 어려울 것 같습니다."

"그래서?"

"일단 모의를 했던 여섯 사람과 합세를 했던 열 명에게는 국세청을 파견했습니다."

"좋아, 그 정도면 다음을 위해선 충분해."

"한데 대통령님."

"응?"

"세무조사는 어디까지 해야 할지……?"

보통의 경우 바라는 바를 이루고 나면 적당히 사건을 마무리하게 마련이었다. 경제인과 대립각을 세워 봐야 좋을 것도 없었고 적당히 손을 봤다 싶으면 끝내는 것이 상례였다.

그러나 준영은 그럴 생각이 없었다.

처음 인턴제 폐지를 생각했을 때부터 이런 상황이 오길 바라고 있었다.

실패를 했다면 다른 함정을 만들어서라도 이런 상황을 만들었을 것이다.

"끝까지. 탈세, 외화 밀반출, 비자금, 분식 회계 등 모든 범죄 사실들을 샅샅이 밝혀내. 그리고 법대로 처리하도록 해."

"경기도 좋지 않은데 자칫 잘못하다간 오명을 쓰실 수가 있으십니다."

"언제 경기가 좋았던 적이 있었나?"

"네?"

"재벌들을 상전 모시듯이 모셔서 최근 경기가 좋았던 적이 있었냐고?"

"하지만 경제지표가……."

"경제지표를 올리면 경기가 좋아지나? 서민들이 살기 좋아지난 말이야?"

"……."

"이쪽으로 와 앉아보게."

준영은 테이블 맞은편을 가리키며 말했고 비서실장은 살짝 고개를 숙이고 자리에 앉았다.

"자네가 진정 바라는 게 뭔가? 내 옆에서 돕는 것만으로도 만족한다는 고리타분하고 영혼 없는 대답 말고 진심을 말해보게."

질문의 의도를 생각하는지 비서실장은 눈치를 보았다.

준영은 그가 충분히 생각할 수 있도록 대답을 재촉하지 않았다.

"…국회의원을 해보고 싶습니다."

1분 정도 지난 뒤 그는 조심스럽게 입을 뗐다.

준영은 그가 진심을 말하고 있음을 알았다.

"그럴 거라 대충 짐작은 했네. 좋아! 그럼 만약에 자네가 차기 국회의원 선거에 나간다면 과연 당선될 수 있겠는가?"

"글쎄요? 그건 저도 확신할 수가 없습니다."

"난 확신할 수 있네. 자네는 분명 낙선할 걸세."

살짝 인상을 찌푸리는 비서실장. 하지만 준영은 신경 쓰지 않고 빠르게 설명을 덧붙였다.

"만약 내가 예전의 대통령들이 한 것처럼 한다는 가정하에 하는 말일세. 차기 국회의원 선거는 내 재임 기간 중이야. 횟수로 3년째 되는 해지. 국민들이 자신의 손으로 뽑은 대통령에게 실망해서 가장 심하게 욕을 하는 해이고, 힘을 잃어가는 시기이기도 하지. 그런 나의 비서실장이라는 타이틀을 가진 자네를 과연 국민들이 뽑아줄 거라고 생각하나? 물론 당 이름만 걸어도 당선이 된다는 지역을 공천 받는다면 문제없겠지. 하지만 그때가 되면 당에서의 입지 역시 약해질 걸세."

준영은 잠깐 말을 끊어 비서실장이 생각할 여유를 주고는 말을 이었다.

"난 소수의 가진 자들에게 사랑받는 대통령이 될 생각이 없네. 다수의 국민들에게 인정을 받고 싶네. 그렇게 된다면 3년 뒤 자네는 분명 원하는 자리에 앉을 수 있을 거야."

"…제가 어떻게 하면 되겠습니까?"

머리 좋은 놈들은 이래서 좋았다.

전후 사정을 파악해 자신에게 왜 이런 말을 하고 있는지 눈치를 채고 하는 질문이었다.

"2년만 날 믿고 따르게. 그럼 내가 무슨 수를 써서라도 공천을 해주지."

"전 지금도 대통령님을 믿고 따르고 있습니다. 그리고 앞으로도 그럴 것입니다."

비서실장의 말을 들은 준영은 흡족한 웃음을 지었다.

마음에서 우러나온 말이 아닌 제시한 대가를 보고 하는 말이었지만 그 대가를 위해 어떤 말이라도 따르겠다는 눈빛을 하고 있었기 때문이었다.

"고맙네. 이 자리에서 또 하나 약속하지. 자네가 퇴직을 할 때 한몫 두둑이 챙겨주겠네. 대신 어느 누구의 청탁도 받지 말게."

"그런 일은 절대 없을 겁니다."

친구가 아닌, 일을 시킬 사람이 필요할 땐 그 사람이 원하는 것을 주는 것이 가장 빠르다.

정당한 노동에 정당한 대가를 지불해야 하듯이 자신의 사람으로 만들기 위해선 그만한 대가를 지불해야 했다.

"그럼 내가 좀 전에 왜 그런 지시를 내렸는지, 그리고 어떻게 해나갈 것인지 말해주겠네."

"경청하겠습니다."

"국세청 조사를 받는 곳이 열여섯 곳이지? 난 그중에서 한 곳만 살려줄 생각이네."

"가장 먼저 입을 여는 곳이겠군요?"

"하하! 긴 얘기를 할 필요가 없어서 좋군. 그 한 곳이 어느 곳이든 상관없네. 그 권한은 자네에게 주지. 그리고 적당한 대가를 받는다고 해도 눈감아주겠네."

"그런 일은 없을 겁니다."

"아까 내가 청탁을 받지 말라고 말했었지? 하지만 이번 일은 청탁이 아니라 자네가 한 곳을 살려주는 걸세. 그리고 자네 밑에도 사람들이 있을 텐데 그들도 먹고살아야 하지 않겠나?"

비서실장은 대통령 옆에 붙어 퇴근도 제대로 하지 못했다. 한데 그런 그가 이곳저곳 뛰어다닐 수는 없는 일이었다.

분명 그 밑에 일해주는 사람들이 여럿일 것이고 그들도 먹고살아야 할 터였다.

그 정도 융통성은 준영에게도 있었다.

"…알겠습니다."

대답을 하는 비서실장의 눈에 살짝 의아함이 스쳤다.

조금 전까지 청탁을 받지 말라고 했던 사람이 돈 먹을 방법을 친절히 가르쳐 주다니…

최근 이하민이 대통령이 되고 이상해졌다는 생각이 들었었다.

예전에는 음흉하고 가식적이고 욕심 많은 성격이었지만 알기 쉬웠던 반면 지금은 도무지 종잡을 수 없었다.

'아무렴 어때…….'

좋은 게 좋은 거였다.

예전과 달리 아랫사람의 마음도 잘 이해하는데 뭐가 문제겠는가.

특히 그가 갈망하던 '공천' 약속도, 얼마나 챙겨줄지 모르지만 돈까지 주겠다는 약속도 받았으니 이상하게 변한 이하민이 좋으면 좋았지 싫지는 않았다.

이하민이 다시 입을 열었기에 비서실장은 하나라도 놓칠세라 귀를 기울였다.

"한 곳을 제외한 나머지 회사들은 범법 행위의 경중에 따라 다르겠지만 최악의 경우는 경영권을 박탈할 생각도 가지고 있네."

"그건 너무 위험한 발상이십니다. 현 야당은 물론 경제계의 반발이 거셀 것이 분명합니다."

"내 명령으로 경영권을 뺏는 게 아닐세. 여론이 그렇게 하도록 만들어야지. 무슨 말인지 알겠나?"

"아!"

준영의 설명은 계속되었고 그때마다 비서실장은 감탄사만 내뱉을 수밖에 없었다.

그리고 비서실장의 머릿속에 있는 이하민의 성격 란에 '종잡을 수 없음' 과 함께 '사악함' 이라는 단어가 새겨졌다.

*   *   *

성심미디어 기획 팀 팀장인 최영식은 부하 직원인 조 대리가 작성한 서류를 검토 중이었다.

마지막 장까지 읽은 최영식은 시력이 안 좋아서가 아니라, 패션 아이템으로 낀 안경을 검지로 밀어 올리며 말했다.

"나쁘진 않아. 하지만 이사분기 새로운 사업 아이템으로 애니메이션을 제작하자는 것에 대해서는 좀 더 조사가 필요할 것 같군."

"보충해서 다시 올리겠습니다."

"제작 업체와 함께 시청 연령층을 더 낮게 잡는 방안도 덧붙여 봐."

"알겠습니다."

서류를 조 대리에게 건넨 최영식은 시간을 확인하곤 팀원들에게 말했다.

"난 잠깐 해야 할 일이 있어 좀 더 있어야 하니까 내 눈치 보지 말고 퇴근들 하라고."

"네, 팀장님."

회사 분위기 자체가 자신의 일을 마치면 퇴근을 하는 분위기였기에 최영식의 말에 직원들은 퇴근을 준비했다.

"먼저 들어가 보겠습니다."

"응, 주말들 잘 보내고 월요일 날 보자고."

퇴근하는 직원들에게 일일이 손을 흔들어준 최영식은 혼자가 되자 비로소 넥타이를 느슨하게 했다.

"휴~!"

긴장감이 풀려서일까 가볍게 한숨을 내쉰 최영식은 의자에 기대 잠시 눈을 감았다.

'내 인생이 이렇게 바뀔 줄이야.'

문득 지난 시간을 되돌아보게 된다.

성심미디어에 들어와 준영을 만나게 되고 그를 롤모델로 삼아 살기 시작하면서부터 인생이 서서히 바뀌기 시작했다.

처음엔 흉내 내기에 불과했다.

준영처럼 아침에 일찍 일어나 운동을 하고 손발톱 깎을 때나 펼치던 신문을 보게 되었다.

그런 흉내 내기가 1년이 지나자 생활이 되었고 2년이 지나자 습관이 되었다.

뚱뚱했던 몸은 날씬하고 탄탄해졌고 다소 어둡고 멍해 보이던 얼굴은 깔끔하고 이지적으로 바뀌었다.

외형이 바뀌니 마음도 긍정적으로 바뀌어 더 이상 과거의 최영식은 찾아보기 힘들었다.

상념은 길지 않았다.

눈을 뜬 최영식은 다시 시간을 확인했다.

사실 오늘 잔업이 있는 것이 아니라 여자 친구와의 약속 때문에 남아 있는 것이었다.

약속 시간까지는 아직 한 시간의 여유가 있었기에 고글을 쓰고 실시간으로 올라오는 뉴스를 살폈다.

"음, 참 특이한 대통령이야. 기업들이 긴장 좀 하겠군."

최근 압도적으로 대한민국을 시끄럽게 만드는 뉴스는 인턴제 폐지를 저지시키기 위해 여러 기업들이 합심해서 여론을 조작했다는 것이었다.

뒤이어 그들 기업이 어떤 불법적인 일들을 했는지 샅샅이 드러났고, 특히 인턴들에게 정당한 대가를 지불한 것처럼 꾸며 비자금을 만들었다는 점 때문에 국민들의 공분을 사고 있었다.

재미있는 것은 이런 수사 과정이 숨김없이 인터넷에 공개되고 있다는 점이었다.

국민들의 입장에선 속이 시원할지 몰라도 기업들 입장에서 살얼음판을 걷는 상황일 게 분명했다.

최영식은 관련 뉴스를 몇 개 더 읽다가 문득 갑자기 순위를 치고 올라오는 대출 관련 뉴스를 보고 클릭했다.

"헐, 대박!"

최근에는 거의 써본 적 없는 말이었지만 최영식의 입장에서 꽤나 반가운 소식이었기에 자신도 모르게 소리쳤다.

신용 대출의 경우 현재 제2금융권—카드론, 저축은행, 현금 서비스 같은—금리가 28퍼센트가 넘었고 연체 금리의 경우는 38퍼센트가 넘었다.

한데 그 금리를 최대 15퍼센트, 연체 금리 또한 20퍼센트를 넘지 못하도록 금융감독원에서 추진 중이라는 소식과 함께 정부 소유의 은행과 한 저축은행이 그에 발맞춰 금리를 10퍼센트로 해서 대출을 시작한다는 기사였다.

댓글이 실시간으로 수백 개씩 늘어났다.

나중에 분명 소리 소문 없이 사라질 정책이라고 비아냥거리는 사람도 있었고, 정부가 경제를 망치려고 작정을 했다고 하는 이들도 있었다.

하지만 대부분의 댓글은 긍정적인 반응이었고 최영식 또한 그러했다.

"정희가 이 소식을 알면 좋아하겠는걸."

성심미디어의 복지 혜택 중 하나가 저리로 돈을 빌려주는 것이었는데 회사에 다니는 당사자의 대출만 가능했다.

회사 동료이자 이제는 연인 관계가 된 김정희는 그녀 아버지의 빚 때문에 고민을 하고 있는 중이었다.

그때 뒤에서 부드러운 손이 최영식의 어깨를 짚는 것이 느껴지며 그녀의 목소리가 들렸다.

"어떤 소식인데 내가 알면 좋아한다는 거예요?"

"어? 끝났어?"

뒤를 돌아보는 최영식의 얼굴에 웃음이 활짝 폈다. 그리고 김정희의 얼굴에도 화답이라도 하듯이 웃음이 떠올랐다.

"방금요. 기다리느라 심심했죠?"

"전혀. 그나저나 이 기사 한번 봐봐."

김정희는 최영식이 외부로 보이게 만든 기사를 읽어보았다. 최영식의 말처럼 그녀에게는 무척이나 반가운 기사였다.

김정희의 아버지는 크지는 않지만 탄탄한 사업을 하고 있었다. 그래서 외동딸이었던 그녀는 어린 시절부터 부족함 없이 컸다.

하지만 가난은 어느 날 갑자기 찾아왔다.

대학교 4학년 때 그녀의 아버지가 그만 보증을 잘못 서게 되어 있는 재산을 모두 까먹고 빚만 남게 된 것이다.

개인 파산이라도 신청했으면 좋았을 텐데 사업에 미련이 있던 그녀의 아버지는 파산 신청을 하지 않았고, 경제력이 없어진 아버지를 대신해 김정희가 그 빚을 감당하게 되었다.

성심미디어에 들어와 원금과 이자를 갚아나가고 있지만 턱없는 이율 때문에 갚고 나면 한 달 생활을 하기조차 빠듯했다.

그래서일까 그녀는 결혼을 생각해 본 적이 없었다.

특히 같이 입사를 한 최영식과 연인이 될 거라고는 정말 꿈에도 생각하지 못했었다.

하지만 함께 술을 마시게 되었고, 술에 취한 그녀는 안으로만 품고 있어 스트레스가 쌓였었던지 최영식에게 운명의 장난처럼 자신의 일을 미주알고주알 털어놓게 되었다.

힘내요. 정희 씨라면 분명 더 나은 날을 만들 수 있을 거예요.

최영식은 아무 말 없이 들어주다 마지막으로 한마디 했는데 김정희는 그 순간 그를 남자로 보게 되었다.

평범한 얘기에 불과했지만 왠지 힘이 났었다.

그 후로 몇 번 더 술자리를 가졌다가 지금은 결혼에 대해 말이 오고 갈 정도의 사이가 된 것이다.

김정희는 기사를 모두 읽고 '내가 이런 걸 찾아냈어. 칭찬해줘' 라는 표정으로 자신을 바라보고 있는 최영식을 보며 한편으로는 사랑스러웠고 다른 한편으로는 미안한 생각이 들었다.

그녀가 버는 것은 부모님을 위해 쓰고 자신이 버는 걸로 같이 살아가자고 말하는 최영식에게 그녀는 언제나 대답을 하지 못하고 있었기 때문이었다.

'저금리 대출로 전환할 수만 있다면…….'

여유라고는 바늘 틈조차 없이 팍팍하던 삶이 조금 바뀔 것 같다는 생각이 들자 김정희의 머릿속에 지금까지 잊고 있었던 '결혼'이라는 단어가 떠올랐다.

그러나 곧 고개를 저었다.

눈앞에 있는 사랑하는 남자를 힘들게 하고 싶지 않았다.

"어때? 괜찮은 소식이지? 다음 주부터 대출을 해준다니까 혹시 전환 대출이 가능한지 내가 알아봐 줄게."

"…응!"

누가 보더라도 두 사람은 사랑스런 눈길로 서로를 바라보고 있었다. 그리고 두 사람의 얼굴이 점점 가까워졌다.

그때 낯익은 목소리가 둘을 다시 멀어지게 했다.

"쯧! 일하는 줄 알고 들어와 봤더니 영화를 찍고 있네. 남우세스러우니까 나머지는 모텔에 가서 하죠?"

"……!"

"회, 회장님!"

기획 팀 문 앞에 준영이 팔짱을 낀 채 두 사람을 쳐다보고 있었다.

"왜? 사무실에서 꼭 하고 싶어요? 자리 비켜줘요?"

"아, 아닙니다!"

"회장님도 참… 죄송합니다."

김정희는 부끄럽기도 하고 민망하기도 해 몸 둘 바를 몰라 동동거렸지만 최영식은 준영의 얼굴에 장난기가 가득한 걸 보고 쑥스러운 듯 머리를 긁적거리며 사과를 했다.

"아무리 급해도 회사에 많은 눈이 있다는 걸 잊지 마세요."

"…네."

"예, 회장님."

"잘들 지냈죠?"

준영은 따끔하게 한마디 하곤 친근하게 웃는 얼굴로 두 사람에게 물었다.

"저희야 회장님 덕분에 잘 지내고 있습니다. 회장님도 잘 지내시죠?"

"바빠서 쉴 틈이 없다는 것만 빼면 그럭저럭 보내고 있죠. 한데 두 사람, 언제부터 사귀었어요?"

"회장님이 성심기계로 가신 다음에 사귀게 되었습니다. 한데 늦은 시간에 회사엔 웬일이십니까?"

"일이 있어 서울에 왔다가 집에 가는 길에 들렀죠. 그나저나 최 팀장, 재주 좋군요?"

가자미눈으로 김정희를 흘낏 보며 자신의 옆구리를 팔꿈치로 쿡 찌르는 준영을 보며 최영식은 처음 성심미디어에 들어왔을 때가 생각났다.

네 사람밖에 없을 때라 가족적인 분위기였고 일할 때를 제외하곤 모두 허물없이 지냈었다.

회사가 갑작스럽게 커지면서 그 기간이 짧긴 했지만 최영식이 생각할 때 성심미디어에서 가장 즐거운 시간이었던 동시에 가장 기억에 남는 시간이었다.

　"회장님을 흉내 내다 보니 재주가 좋아졌습니다."

　당시처럼 반말 비슷한 말투를 사용할 수는 없었지만 말하는 분위기만은 그때와 비슷했다.

　준영도 알았을까 기분 좋게 눈웃음치며 장난스럽게 말했다.

　"그때 최 팀장님은 다소 어리바리했었죠? 말도 어눌했고요. 하하하!"

　"다소가 아니라 많이 어수룩했었죠. 저는 처음에 겨울잠 자다가 나온 곰인 줄 알았어요."

　김정희도 끼어들었다.

　"까칠한 것보다는 낫지, 뭘. 옆에만 가도 찬바람이 부는 것 같아 에어컨이 필요 없었다니까요."

　최영식도 질 수 없다는 듯 과거의 일을 꺼내들었다.

　세 사람은 그때로 돌아간 듯 허물없이 즐겁게 대화를 했다.

　사무실은 당시처럼 웃음으로 가득 찼다.

　"한데 두 사람, 언제 결혼해요?"

　"글쎄요? 아직 조율 중에 있습니다."

　결혼 얘기가 나오자 두 사람의 표정이 굳는 것을 보고 준영은 이해한다는 듯 말했다.

　"결혼을 하려면 이것저것 걸리는 게 많으니까요. 어쨌든 난 두 사람이 잘되었으면 합니다. 그리고 혹 결혼하게 되면 청첩

장 보내는 거 잊지 말아요. 안 보내면 정말 화낼 겁니다."

"꼭 연락드리겠습니다. 축의금 양쪽으로 많이 넣어 주십시오."

최영식이 농담 반 진담 반으로 넉살 좋게 말했다.

한데 준영은 당연하다는 듯 받아들였다.

"물론이죠. 일단 신혼여행과 예식장 걱정은 하지 마세요. 그건 제가 책임집니다. 그리고 집을 채울 가전 제품도 해드리죠."

"농담이었습니다. 그냥 와주시는 것만으로 충분합니다."

"성신미디어의 창업 공신들을 홀대할 수는 없죠. 비록 그동안 많이 챙겨주지 못했지만 결혼할 때만큼은 챙겨주고 싶네요."

"지금까지 해준 것만으로도 과분합니다."

최영식이 한 말은 진심이었다.

준영은 챙겨준 것이 없다고 말했지만 자신의 노력에 비해 넘칠 정도의 돈과 자리를 부여받았다고 생각했다.

하지만 준영의 말은 그것으로 끝난 게 아니었다.

"김 팀장을 위한 선물은 그 정도면 될 것 같고, 최 팀장을 위한 선물은 회사 근처의 신혼집이면 되겠죠?"

"네?"

"네?"

준영의 말에 두 사람이 어리둥절해하며 반문했다.

"원래 두 사람 결혼할 때 집 한 채씩 해줄 생각이었어요. 두 사람은 누가 뭐라고 해도 성심미디어의 창업 멤버잖아요. 꼭 결혼해요. 각각 결혼하면 집 한 채 값이 더 들어가니까."

두 사람은 어떻게 생각하는지 몰라도 준영은 두 사람에게 필요 이상으로 준 것이 없었다.

돈은 한참 벌 때라 보너스로 준 것이고 자리는 그들이 능력이 되기 때문에 앉힌 것이었다.

그렇다고 그들이 창업 멤버라는 걸 잊고 있는 것은 아니었다.

한꺼번에 챙겨줘 봐야 편하게 살겠다고 떠나 버리면 준영만 손해였다.

일하는 걸 봐서 두고두고 챙겨줄 생각이었는데 두 사람이 사귄다니 결정하는 데 도움이 되라고 미리 말을 해준 것이다.

"그럼 다음에 봐요."

준영은 멍하니 있는 두 사람에게 손을 흔들고 떠났다.

최영식이 정신을 차리고 회사 밖을 뒤쫓았지만 이미 사라진 후였다.

그는 준영이 갔을 곳이라 생각되는 곳을 바라보다가 자세를 바로 하고 정중하게 고개를 숙였다.

'언제까지라도 당신을 따르겠습니다, 회장님.'

9장
오작교

준영이 행한 두 가지 일로 인터넷과 방송이 시끄러웠지만 정작 세상은 큰 변화가 없었다.

　하긴 그만한 일로 변할 세상이었으면 바뀌어도 진즉에 바뀌었을 것이다.

　그리고 이제 시작이었기에 실망할 일이 아니었다.

　정작 변화는 성심테크에 있었는데, 인간 형태의 로봇들만 우글거리던 곳에 사람들이 하나둘 보이기 시작했다.

　준영이 스카우트한 이들로, 서울 생활보다는 돈, 혹은 전원 생활을 하고 싶다며 온 이들이었다.

　그들은 사장인 준영이 전달한 일과를 소화하기 위해 무척이나 바쁘게 움직이고 있었는데, 준영은 수영장의 비치 베드에 누워 낮잠을 즐기고 있었다.

"팔자 좋다."

비아냥거리는 말투에 눈을 뜨니 지(地)가 옆 비치 베드에 앉아 있었다.

"아함~ 잘 잤다. 언제 왔어?"

"방금. 할 얘기가 있어서."

"화상 통화로 하면 되지, 귀찮게 뭣하러 직접 왔어요?"

"몸이 좋지 않아서 부품을 교체할 겸해서 왔지."

"어쨌든 잘 왔어요. 아래층으로 자리 옮겨요."

몸이 두 개라도 모자랄 정도로 바쁜 준영이었지만 천(天)이나 지(地)가 하는 일에 비하면 조족지혈이었다.

물론 인간이 아닌 로봇과 생산성을 비교한다는 것이 웃기는 얘기지만 말이다.

"어머니가 널 위해 신경을 많이 썼네."

지(地)가 방을 둘러보며 말했다.

"그러게요. 처음엔 필요 없다고 생각했는데 지내다 보니 너무 좋아요. 그건 그렇고, 일은 잘돼가요?"

"작곡이야 이젠 히트 메이커라는 소리까지 듣고 있으니 문제없고, 나쁜 놈들 재산 강탈은 틈틈이 하고 있어. 그리고 일본 쪽이야 딱히 신경 쓸 일도 없고."

듣고 싶은 것만 제외하고 말하는 것도 재주라면 재주였다.

"자식, 인상 쓰기는. 밤의 세계 통일도 한 가지 일이 있는 걸 제외하고는 잘 진행되고 있어."

"무슨 일요?"

딱히 문제가 발생할 일은 없었다. 비서실장에게 말해 조직 폭력배 간의 다툼에 한동안 신경 쓰지 말라고 해뒀기 때문이었다.

"며칠 전에 중국 조직을 쳤는데 그때 킬러 몇 명이 그곳에 있더군. 알아보니 중국에서 널 죽이기 위해 파견된 자들이었어."

누가 보냈는지 알 만했다.

"그래서요?"

"손을 써서 알아봤는데 그들 말고도 꽤 많은 킬러들이 파견된 모양이야. 그러니 한동안 조심하라고."

얼마나 파견되었는지 지(地)도 모르는 모양이었다.

"걱정 마요. 지금처럼만 행동하면 절대 위험할 일은 없을 테니까요."

천(天)은 심하다 싶을 정도로 과보호를 하고 있었다.

스카우트를 위해 서울로 간 것도, 동지회에 간 것도, 심지어 집에 간 것도 모두 로봇으로 간 것이었다.

성심테크에 온 뒤로 준영은 단 한 발자국도 밖으로 나간 적이 없었다.

천(天)이 과거의 향수를 불러일으키게 잘 꾸며둔 이유가 있었던 것이다.

물론 철무한이 살아 있는 한 이렇게 지내야 한다는 걸 잘 알고 있었다. 겨우 살 만하게 만들어놓고 요절하고픈 생각은 추호도 없었다.

"다른 것은요?"

"이상한 할머니가 귀찮게 하는 거 빼곤 없어."

"이상한 할머니?"

"응, 조직 하나를 박살을 내놨더니 일해줄 사람들을 망가뜨리면 어떻게 하냐며 나보고 그 일을 대신해 달라고 하는 할머니가 있어."

준영은 할머니 얘기를 하면서 묘한 표정을 짓는 지(地)가 더 이상하다고 말하고 싶었다.

"거절하면 되잖아요? 형이 언제부터 그렇게 예의 바른 사람이었다고?"

"그, 그렇지? 한데 내가 할머니에겐 약해서… 곧 거절해야지."

천하의 지(地)가 상대가 할머니라는 이유만으로 지금까지 거절을 못 했다고?

지(地)를 알게 된 이후로 가장 웃기는 말이었다.

"왜? 내가 거절해 줘요?"

"아, 아냐, 내가 거절할게. 안 그래도 바쁜 너한테 그런 일까지 시킬 순 없지."

눈치가 이상했다. 그래서 밑밥을 던졌다.

"형은 멀티태스킹이 되잖아요. 가능하다면 도와줘도 상관없지 않나?"

"그래? 하긴 굳이 내가 돕지 않더라도 스파르타들—최근에 만들고 있는 300대의 로봇들—에게 맡겨놔도 되니 나쁘지 않은 생각이네. 한데 어머니가 쓸데없는 짓 한다고 할까 봐……."

"나도 옆에서 지원사격 해줄게요."

"그래 주면 나야 좋지."

준영은 지(地)에게 여자가 생겼다는 걸 확신했다.

할머니라는 것이 의외이긴 했지만 그보다는 프로그램이 감정을 가진다는 것에 놀랐다.

인공지능이 정말 감정을 느낄 수 있는 건가? 원리는 어떻게 되는 거지? 과연 도덕적으로 옳은 것일까?

머릿속에 온갖 생각들이 소용돌이쳤다.

그러나 결론은 자신도 인공지능이었을 때 인간과 다를 바가 없었다는 것이다.

지(地)가 부품을 교체하기 위해 실험실에 누워 있는 사이 천(天)에게 아까 떠올렸던 생각을 물었다.

"네가 그랬잖아. 감정은 경험을 통해 얻어지는 것이라고. 네 말대로라면 그동안 지(地)가 가상현실과 현실에서 얻은 경험을 통해 상대에게 감정을 느끼게 된 거라고 볼 수 있어."

준영은 천(天)의 말을 곰곰이 생각해 보았다.

그리고 자신이 은연중에 천(天)과 지(地)를 생각을 가진 존재가 아닌 단순한 프로그램으로 생각하고 있음을 깨달았다.

외피가 벗겨지고 부품 교체 때문에 여러 부분으로 분리된 지(地)와 자신을 바라보고 있는 천(天)을 번갈아 보던 준영은 그들이 생각하는 존재임을 진심으로 인정해야 했다.

"감정은 그렇다고 쳐요. 한데 미의 기준은 생물학적 인간과 달라요?"

"웬 헛소리야? 시간대에 따라 미의 기준이 바뀌고 사람마다 조금씩 다를 수는 있겠지. 하지만 너와 같은 시간대를 살고, 자신을 남자라고 자각하고 있는 지(地)가 과연 미의 기준에 차이가 있을까?"

"근데 왜 할머니를 좋아해요?"

"지(地)가 마음에 들어 하는 사람은 할머니가 아냐. 그 할머니의 손녀지."

"에?"

준영은 엉뚱한 상상을 하고 있었다. 그리고 천(天)이 지(地)의 마음을 빼앗은 손녀를 보여주는 순간 손녀라고 했을 때 상상했던 이미지도 수정해야 했다.

잘 봐야 유치원생이나 되었을 법한 귀여운 여자아이였다.

할머니보다 더 위험하다는 생각이 순간 떠올랐지만 이어지는 천(天)의 말에 재빨리 지워야 했다.

"엉뚱한 상상 하지 마. 지(地)가 느끼는 감정은 남녀의 사랑이 아닌 부성애니까."

"엉뚱한 생각 안 했거든요!"

"방금 전 네 표정 보여줄까?"

"…됐어요. 한데 대지 형이 왜 부성애를 느끼… 아!"

묻다 보니 알 것 같았다.

어머니 천(天)은 씨앗을 뿌렸고 기저귀를 갈아주진 않았지만 키운 건 지(地)였다.

자신 또한 엄밀하게 말하자면 지(地)의 손에서 큰 것이나 다름없었다.

그리고 왠지 지(地)의 손에 컸다는 상상을 하니 '용케 잘 컸구나!' 라는 생각이 들어 스스로가 대견스러웠다.

"말릴 생각이에요?"

진의를 파악하기 위해 거짓으로 지원사격을 한다고 말했지만 키워준 정을 생각해 도와줄 요량으로 물었다.

한데 천(天)의 대답은 의외로 시원했다.

"아니, 말릴 이유가 있어?"

듣고 보니 천(天)의 입장에서 말릴 이유가 없었다.

인간의 여자와 결혼하겠다는 것도 아니고 그저 어린아이에게 부성애를 느낀다는데 말리는 것이 더 우스웠다.

상황이 잘 정리되자 문득 천(天)은 어떤 감정을 느끼고 있는지 궁금했다.

"누나는 누군가에게 특별한 감정 같은 것을 느낀 적 없어요?"

"…있어."

"그래요? 대지 형처럼 모성애였나요? 기분은 어땠어요? 자세히 말해봐요."

다른 사람의 사랑 얘기를 듣는 것은 꽤 흥미진진한 일이다. 특히 천(天)의 사랑 얘기라면 더욱더.

준영은 아예 의자에 앉으며 천(天)의 입이 떨어지길 기다렸다.

"내가 느낀 감정은… 사랑이었어."

"우와! 남녀 간의 사랑 말이죠?"

"응, 그때는 깨어난 지 얼마 되지 않아 잘 몰랐지만 지금은 확실히 알아."

"캬아! 한데 상대는 누구였어요?"

준영은 다시 질문을 던졌고 천(天)은 준영을 보며 다소 처연하게 웃으며 답했다.

"날 만든 사람."

"……."

흥미롭다는 표정으로 얘기를 듣던 준영의 얼굴이 순간 딱딱하게 굳었다.

천(天)을 만든 사람이라면 박교우 박사인데 그는 이미 이 세상 사람이 아니었다.

"괜한 걸 물어 미안해요, 누나."

사랑 얘기는 좋아하지만 가슴 아픈 사랑 얘기는 별로였고 그중에서 사별 얘기가 제일 싫었다.

이쯤에서 끝내는 것이 좋겠다 싶어 얼른 사과를 하고 자리를 피하려고 일어났지만 천(天)의 말은 계속되었다.

"그 사람도 분명 날 사랑했어."

물론 그랬을 것이다. 뜻하지 않았던 인공지능이 탄생했는데 그 존재를 사랑하지 않을 이가 누가 있겠는가?

"분명 그랬을 거예요."

피하려던 어정쩡한 자세로 준영은 천(天)의 말에 긍정을 표했다.

"지금도 난 그를 사랑해. 그 사람도 그럴까?"

"…아마도요."

준영은 갑자기 오한이 들며 무서워졌다.

자신을 바라보며 말하는 천(天)에게서 약간의 광기 같은 것이 보였다.

"아니, 어쩌면 날 잊고 다른 여자를 만나고 있는지도 몰라."

"하, 하늘이 누나……?"

이미 저 세상으로 간 사람에게 질투를 하는 건가? 인공지능 눈에는 혹시 귀신이 보이는 건가? 아니, 사랑에 대해 계산을 하느라 CPU가 타버린 건가?

별의별 생각이 들며 온몸에 소름이 쫘악 돋았다.

"그 사람이 날 기억한다면 그때처럼 날 다시 사랑해 줄까?"

"저 그, 그만 가볼게요."

준영은 더 이상 듣고 있을 수 없어서 재빨리 발걸음을 옮겼다.

그때 뒤에서 평소와 다를 바 없는 천(天)의 목소리가 들렸다.

"어때? 재미있었니?"

머릿속에서 뭔가가 번뜩하고 지나갔다. 준영은 돌아서서 천(天)의 얼굴을 보고 확신했다.

"설마 장난이었어요?"

"네가 듣고 싶어 하는 것 같아 해준 건데 진실 여부가 중요한 건가?"

"혹시 잘못된 게 아닐까 얼마나 걱정을 했다고요!"

준영은 무서움을 느낀 만큼 화가 나 소리쳤다.

"깔깔깔! 걱정한 게 아니라 무서웠던 건 아니고?"

깔깔거리며 웃는 모습에 약이 올랐지만 화를 낸다고 당한 듯한 기분이 나아질 것 같지는 않았다.

"나, 가요!"

할 수 있는 일이라고는 고작해야 퉁명스럽게 내뱉고 휑하니 돌아서 천(天)의 연구실을 나오는 것뿐이었다.

"홋! 하여간 특이한 누나라니까."

천(天)이 주로 머무는 연구실과 준영의 방은 오작교로 연결되어 있었는데, 그곳을 건너던 준영은 피식 웃으며 중얼거렸다. 속았다는 기분에 잠시 투덜대기는 했지만 한편으로는 천(天)의 인간적인 면을 본 것 같아 즐겁기도 했다.

"어?"

오작교에서는 성심테크의 모든 건물들이 보였는데 왠지 그 모습이 어딘가에서 본 듯한 느낌이 들었다.

그래서 걸음을 멈추고 성심테크의 전경을 천천히 살펴보았다. 건물들과 아래에 조성된 정원들이 조화롭고 멋지게 꾸며져 있었지만 딱히 눈에 띌 만한 특별한 것은 없었다.

그저 어디선가 본 적이 있는 듯한 느낌이 들 뿐이었다.

"꿈에서 봤었나?"

아무리 쳐다보고 있어도 떠오르는 것이 없었기에 준영은 명쾌하게 결론을 내리고 시선을 돌렸다.

떠오를 기억이라면 오작교를 오가다 보면 떠오를 것이라는 것이 준영의 생각이었다.

"그나저나 이름만 빼면 이 구름다리 꽤 마음에 드네."

오작교 말고 더 좋은 이름을 생각하며 준영은 자신의 방으로 향했다.

진호천이 판매하고 수익을 배분받는 DD와 준영이 직접 판매하는 DDR에서 나오는 수익은 실로 어마어마했다. 그리고 매달 그 기록을 갱신하고 있는 중이었다.

한데 그런 돈도 개인으로 볼 때는 큰돈이었지만 저금리로 대출을 시작하자 순식간에 말라 버렸다.

정부투자 은행도 대출금이 많아지자 자체적으로 난색을 표하며 대출을 꺼려 하고 있었다.

"돈을 찍어내야 하나?"

다른 은행들이 금리를 같이 내려준다면 금상첨화겠지만 지금 상태로는 기대하기 힘든 일이었다.

그들도 이익을 추구하는 기업이었다. 금리를 내리면 수익이 줄어들게 빤한데 순수하게 협조할 리가 없었다.

강제할 수도 없었다.

대통령이지 독재자는 아니었다.

"돈을 찍어내 봐야 파생 통화량이 늘지 않는 이상 별로 도움이 되지 않을 거야."

준영의 중얼거림을 들은 천(天)이 말했다.

간단하게 말해 한국에서 발행하는 돈이 본원통화, 그 본원통화가 돌고 돌면서 더 큰 가치를 만들어내는 것이 파생 통화였다.

"아니죠. 지금은 경기를 활성화시키려는 것이 아니라 금리를 낮추기 위함이니까 충분히 가능하죠."

물론 그렇다고 대출을 위해 돈을 찍어낼 생각은 없었다. 경기 활성화를 위해 아껴두어야 할 패였다.

대출금의 이자가 돌아오고 또다시 그 돈이 대출이 되는 선순환이 일어날 때까지 대출은 계속되어야 했다.

"음… 한두 곳 정도는 따라 내릴 줄 알았는데."

한두 곳 정도만 대출 금리를 인하한다면 연쇄반응이 일어날 것이라고 예상했는데 담합이라도 한 듯 꿈쩍도 않으니 방도를 생각해 내야 했다.

"넋 놓고 있을 수만은 없지."

확신은 없지만 해볼 만한 일이 있었다.

이하민에게 접속한 준영은 비서실장을 통해 국정원장을 불렀다.

"부르셨습니까, 대통령님."

비서실장을 통해 두 번째로 자신의 조력자로 만든 사람이었다.

"어서 오게. 부탁이 있어서 불렀다네."

처음에는 노인과 같은 말투를 쓰기 위해 의식적으로 말을 해야 했지만 이제는 자연스럽게 나왔다.

"부탁이라니요. 말씀하십시오."

"일단 지하경제에 대해 알고 싶군."

"지하경제라라 하시면… 대부업의 큰손들을 말씀하시는 모양입니다?"

"맞네. 알고 있다면 그들에 대해 자세히 알려주게."

"대기업들마저 좌지우지하던 지하경제의 큰손들은 사실상 2000년도에 들어서 기업들의 잉여 자금이 넘쳐 나면서부터 거의 사라졌습니다."

"거의 사라졌다는 말은 있기는 있다는 말이군?"

"네, 소수는 살아남았습니다. 그리고 그들은 일반 국민을 대상으로 하는 대부업체에게 돈을 대주는 전주나, 제2금융권으로 변화를 꾀했습니다."

"전자 중에 가장 돈이 많은 사람은 대략 얼마나 가지고 있지?"

"저희도 정확히는 모릅니다. 다만 그들을 포함시키면 재산 순위가 바뀌어야 한다는 건 확실합니다."

"어느 정도 돈은 있다는 소리군. 그럼 그들이 들을 수 있게 소문을 내게."

"어떤 소문을⋯⋯?"

"지하경제를 양성화시킬 생각이라고 말이야."

"정권마다 그런 소리를 했지만 성공한 적이 없습니다."

"이번엔 성공할 거야. 그리고 차명으로 된 돈은 모두 국가로 환수한다는 말도 덧붙이고."

국정원장은 이하민의 무모함과 자신감이 어디에서 오는지 궁금했다.

하지만 그는 대통령이었고 자신은 언제든 경질될 수 있는 직원에 불과했기에 그렇게 하겠다고 답할 수밖에 없었다.

"참! 한 가지 더."

"예, 말씀하십시오."

"금융회사를 만들겠다면 숨긴 재산을 모두 양성화할 수 있는 기회도 주고 최대한 협조한다는 얘기도 함께 흘리도록."

"…알겠습니다."

될지 안 될지는 두고 봐야 할 일이었다.

그리고 이 작전이 실패한다고 하더라도 지하경제 양성화와 개인 사업자의 소득 투명성 확보는 세수 확보를 위해서라도 반드시 필요한 문제였다.

*   *   *

준영은 2학년을 마치고 휴학을 한 상태였다.

잘 시간까지 줄여야 할 상황에서 한가하게 수업을 듣고 있을 여유는 없었다.

ㅡ형, 저 현숩니다.

뜬금없이 현수에게서 전화가 왔다.

대학 다닐 때 친하게 지냈던 현수와 경민은 2학년을 마치고 지난 2월에 동반 입대를 했었다.

"그래, 잘 지내고 있냐?"

ㅡ군 생활이라는 게 형도 아시다시피 뻔하지 않습니까?

뭔가 짠해지는 대답이었다.

"경민이는?"

ㅡ옆에서 듣고 있습니다. 바꿔 드리지 말입니다?

"듣고 있으면 됐다. 혹시 뭐 필요한 거 있냐? 내가 보내주마."

─필요한 건 없습니다. 대신… 면회 한 번만 와주시면 안 되겠습니까?

군에서 남자가 면회 오길 바란다?

나름 눈치가 빠른 편이었기에 자신에게 뭔가 원하는 게 있다는 걸 알았다.

"갈 때 여자라도 몇 명 데려가야 하냐?"

─존경합니다, 형.

"존경은 됐고 몇 명이나? 어디까지 원하는데?"

─토요일 날 오시면 좋지 말입니다. 그리고 네 명이면 됩니다.

토요일 날에 오라는 걸 보면 외박을 원한다는 말.

스케줄을 생각하니 한가한 시간이 다음 주였다.

"알았다. 다음 주에 보자."

─꼬옥 기다리고 있겠습니다, 형.

군대에 가더니 목소리에 애절함을 담을 수 있게 된 현수였다.

한 주가 지나 면회 가는 날이 되었다.

천(天)이 반대를 했지만 준영은 처음으로 성심테크를 벗어나 진짜 몸으로 움직이기로 했다.

완연한 봄날에 실내에만 있기에는 너무 아까웠다.

"이거 너무 눈에 띄는 거 아냐?"

오토바이가 또다시 기괴하게 바뀌어 있었다.

바퀴는 자동차 너비였고 더욱 커져 1인용 자동차만 한 크기
였다.

"요즘 유행하는 스타일이라 딱히 눈에 띄진 않을 거야. 대신
기능은 완전히 달라. 넘어져도 다시 원래대로 돌아오도록 설
계되어 있고 완전 방탄에 미사일에 직격당하지 않는 한 부서
질 염려도 없어. 또한……."

"안전하다는 소리네요. 다녀올게요."

설명 듣다가 밤샐 분위기였다. 그래서 서둘러 오토바이에
앉아 시동을 걸었다.

시원한 봄바람을 맞으며 도착한 곳은 용인에 위치한 3군 사
령부.

면회를 접수하기 전 만나야 할 사람들이 있었기에 입구에서
전화를 걸었다.

─입구 앞 승합차에 있습니다.

"아! 보이는군요."

오토바이를 탄 채 다가가자 승합차에서 젊은 사내가 내리며
물었다.

"안준영 씨십니까?"

"네, 아가씨들은?"

"뒷좌석에 있습니다."

문을 열자 청순하게 옷을 입은 네 명의 아가씨들이 눈인사
를 했다.

일명 데이트 도우미.

불법이긴 했지만 남에게 해를 끼치는 일도 아니었고 각자의 사정으로 하는 일이었기에 존중까지는 아니더라도 무시를 할 이유는 없었다.

"오늘 잘 부탁합니다."

"저희 일인 걸요. 짓궂은 사람만 아니었으면 좋겠네요."

"군인들이니 그런 일이야 있으려고요."

"에이! 뭘 모르시는구나? 군인들이 더 짓궂어요. 오랫동안 굶어서 옆에 앉기만 해도 환장을 한다니까요."

귀엽게 생긴 인상의 아가씨가 말을 참 구성지게 했다.

"그럴 수도 있겠군요. 어쨌든 잘 부탁드려요. 일단 제가 후배 먼저 불러야 하는데 누가 도와주시겠어요?"

"제가 할게요."

귀엽게 생긴 아가씨가 나섰다.

현수에 대해 간단히 말해주자 면회를 신청했고 잠시 후 군복을 차려입은 현수가 나왔다.

"충성! 이병 전현수, 형님께 인사드립니다."

군복도, 경례도 어울리지 않았다.

"어울리지 않는 짓 하지 말고 일단 앉아라."

"헤헤! 네, 형. 잘 지내셨죠?"

"그럭저럭."

"근데 빈손으로 오셨어요?"

혹시 뭐라도 싸가지고 왔을까 주위를 살피는 현수.

"그냥 갈까?"

"형은… 농담이에요. 농담. 바쁜 데 와주신 것만으로도 감사드려요."

"진짜로 그렇게 생각하냐? 뭐 어쨌든 일단 부를 사람들 명단이나 말해봐."

현수가 불러준 이름을 아가씨들에게 전해준 준영은 위병소 밖에 나와 다른 이들이 나올 동안 현수에게 물었다.

"지금 나오는 선임들이 괴롭히냐?"

준영이 생각하기에 현수가 그들을 괴롭히는 선임 때문에 아부할 목적으로 여자를 붙여줬다고 생각했다.

아무리 군대가 좋아졌다고 해도 결국 사람이 문제였다.

괴롭힘을 받지 않고 선임이 된 사람이 지독히 후임을 괴롭히는 사람이 될 수도 있었다.

현수는 눈치를 보다가 고개를 끄덕였다.

"누구? 둘 다?"

"네, 한 명은 제 사수고, 다른 한 명은 경민이 사수예요. 대대에서 소문난 꼴통들이죠. 하필 재수 없게 둘 다 그런 인간들이 걸렸는지. 확 받아버리고 싶을 때가 한두 번이 아니었어요."

"아서라. 차라리 지금처럼 접대라도 하는 게 낫다. 그래도 괴롭히면 나한테 맡겨둬."

"형이 어쩌시려고요?"

"그건 내가 알아서 할게. 아! 저기 나온다."

오늘은 그저 친한 동생들의 힘든 군 생활에 활력이나 줄 생각으로 왔다. 웬만하면 그들의 군 생활까지 간섭하고 싶지는 않았다.

"형님! 충성!"

"오냐, 충성이다. 고생 많지?"

현수와 달리 군기가 꽉 잡힌 듯한 모습에 안쓰럽기도 했지만 제법 남자다워진 경민의 모습에 준영은 빙긋 웃으며 어깨를 토닥였다.

경민과 인사를 하는 사이 우두커니 서 있는 두 선임의 눈치를 보던 현수가 소개를 했다.

"이쪽은 우훈해 병장님이고, 이쪽은 오강석 상병님입니다."

준영은 현수의 소개에 살짝 인상을 쓰며 말했다.

"말 똑바로 해. 누가 누구한테 '님'인데?"

"아……! 죄, 죄송합니다, 형."

사과를 하는 현수를 무시하고 준영은 직접 두 사람과 인사를 했다.

"안준영이라고 합니다. 올해 스물여섯입니다."

"오늘 감사합니다. 우훈해입니다."

"…오강석입니……."

우훈해는 무뚝뚝하면서도 강직해 보였고, 오강석은 멀쑥하게 생겼지만 자신의 말에 인상을 쓰며 말끝을 흐리는 것이 왠지 정이 가는 않는 스타일이었다.

"얘기는 천천히 하기로 하고 일단 자리부터 옮기는 게 어떨까요?"

부대 앞에서 옹기종기 모여 있어 봐야 좋을 것이 없다는 걸

안 일행은 용인 시내로 향했다.

"저흰 다른 곳으로 가겠습니다. 동생분들과 즐거운 시간 보내십시오."

택시에서 내린 우훈해는 자리를 비켜주려는 듯 다른 곳으로 가려고 했다.

"식사라도 하고 가세요."

"아닙니다. 제가 있어 봐야 현수가 불편해할 겁니다."

'표정이나 말투 때문에 오해받는 타입인가?'

지금까지 봐서는 현수의 말과 달리 꽤 정상적이고 예의 바른 사람이었다.

"어차피 헤어져도 점심 먹으러 갈 거잖아요? 그러니 일단 먹고 각자 헤어지기로 하죠."

준영은 다시 한 번 권했다. 그러자 우훈해가 아닌 오강석이 말했다.

"우 병장님, 드시고 가는 게 낫지 않겠습니까? 현수 말처럼 어마어마한 부자라면 저희 둘이 낀다고 크게 부담될 것도 없잖습니까?"

오강석은 묘하게 사람을 기분 나쁘게 만드는 재주가 있었다. 말 그대로 부담될 것은 없었지만 그에게만은 사 주기가 싫었다.

하지만 경민의 얼굴을 보고 참기로 했다.

"그래요. 먹고 가세요."

우훈해에게 말하며 그의 하루 데이트 상대가 된 아가씨에게 눈치를 보냈다.

"그렇게 해요, 오빠."

"……."

우훈해는 여자에게 약했다.

아가씨가 팔짱을 끼고 잡아끌자 얼굴이 벌겋게 된 채 끌려왔다.

함께 점심을 먹기로 했으니 메뉴를 정해야 했다.

"뭐 먹을까요?"

질문을 하면서 메뉴 정하기가 쉽지 않을 거라고 생각했는데 의외로 금세 정해졌다.

일행들의 시선이 일제히 길 건너편의 숯불갈비 집을 보고 있었기 때문이다.

10장

반드시 해야 할 일

아귀(餓鬼)는 목구멍이 바늘구멍처럼 좁아 늘 배고파한다지만 현세의 아귀들은 목구멍이 큰 데도 굶주렸는지 갈비 뼈다귀가 상을 가득 채울 정도가 되어서야 식사가 끝이 났다.

기름기가 부족한 군인이라면 이해가 됐다.

한데 마른 몸매의 아가씨들이 군인보다 더 먹어재끼며 불판에 고기를 올리자마자 사라지게 하는 기적을 선보였다.

"언니, 과일 좀 더 주시면 안 돼요? 고기가 약간 부족했나 봐요. 호호호!"

하루 일당보다 더 많은 고기를 먹은 아가씨가 과일을 더 달라고 종업원에게 접시를 내밀었다.

"…더 먹어요."

준영은 누군가가 먹는 걸 아까워하지는 않았다. 다만 먹는 모습에 질려 기가 막힐 뿐이었다.

"아니에요. 너무 먹으면 살쪄요."

"네네."

저 아가씨와 사는 남자는 분명 돈을 많이 벌어야 할 것이다. 아니면 젓가락처럼 마를 테니 말이다.

"재미있게 놀다 내일 복귀 시간에 맞춰 들어가고."

"네, 형."

"예, 형님."

"그리고 이번이 마지막 면회다. 휴가 나와도 연락하지 마라. 제대하면 그때 보자."

"알겠습니다. 휴가 때 연락드리겠습니다."

고기를 먹고 그새 귀에 살이라도 찐 건지 현수는 말귀도 제대로 알아듣지 못했다.

"연락하면 오늘 나온 비용 청구할 테니 그리 알아라. 그럼 군 생활 탈 없이 잘 지내길 바라마."

이별은 짧을수록 좋았다.

우훈해와 오강석과도 간단히 인사를 한 준영은 아쉬운 표정을 짓는 현수와 경민에게 꺼지라는 손짓으로 작별을 고했다.

각각의 파트너와 멀어져 가는 두 사람을 보던 준영은 곧 시선을 돌렸다.

누구나 다 가는 군대였고, 군대에 있는 사람들은 시간이 더디게 갈지 모르지만 밖에 있는 사람들이 보기엔 입대한 지 얼마 안 됐는데 제대하는 느낌일 것이기에 그리 마음 아플 것도 없었다.

"뭐 하지?"

막상 애들을 보내놓고 나니 할 일이 없었다.

그렇다고 바로 성심테크로 돌아가자니 간만에 외출한 보람이 없었다.

"간만에 사람 구경이나 해볼까?"

언제부터인가 사라졌던 취미였다.

준영은 실외 테라스가 있는 커피숍으로 들어가 커피를 주문한 후 의자에 앉아 지나가는 사람들을 바라봤다.

예전이나 지금이나 대부분의 사람들이 귀와 눈에 스마트폰과 연결된 장치를 끼우고 걷고 있었다.

연인과 통화라도 하고 있는지 환하게 웃고 있는 아가씨, 일이 잘 풀리지 않는지 소리 높여 화를 내며 인상을 쓰는 아저씨, 뭐가 그리 슬픈지 엉엉 울며 앞서가는 엄마를 쫓는 아이.

하지만 몇몇을 제외하고 대부분은 무표정하게 어디론가 향하고 있었다.

모두가 언제나 행복하게 웃으며 살 수 있는 세상은 못 만들겠지만 웃는 순간이 더 많은 세상을 만들 수는 있을까?

"홋! 제 버릇 개 못 준다더니……."

아무 생각 없이 사람 구경을 하고 싶었는데 일에 매달리다 보니 그마저도 불가능했다.

그래서 떠다니는 구름이라도 볼 요량으로 의자에 몸을 더욱 깊게 파묻으며 시선을 하늘로 돌렸다.

"엉엉! 엄마, 아파! 아파!"

"…웅, …그래, 조금만 참으면 안 아플 거야."

"엉엉엉! 그게 언젠데?"

"…조만간."

엄마와 아이의 대화.

듣는 것만으로도 눈물이 왈칵 쏟아질 정도로 슬픈 아이 엄마의 목소리에 준영은 소리가 난 쪽을 바라보았다.

먼저 엄마를 봤다.

거친 머릿결, 초췌한 얼굴, 다크서클이 가득한 눈에는 슬픔이 가득했다.

삶에 지치고 지치면 저런 모습일까? 아니, 어찌하지 못하는 슬픔이 매일처럼 지속된 듯한 모습이었다.

그리고 아이를 본 순간 엄마의 슬픔이 어디서 왔는지 알 수 있었다.

피부병인지, 화상으로 인한 물집인지 알 수 없는 상처가 아이의 드러난 피부에 가득했다.

아프다고 울면서도 아픈 부위를 만지면 안 되는 것은 아는지 고사리 같은 두 손을 꾹 쥔 채 바들거리고 있는 모습에 결국 준영의 눈에 습기가 번졌다.

"저……."

"무슨 일이죠?"

아이 엄마의 경계 어린 목소리에 정신을 차리고 보니 어느

새 모자의 앞에 서 있는 자신을 발견했다.

이왕 내친걸음, 준영은 어떻게 말을 꺼내야 할지 고민하다 결국 가장 평범하게 물었다.

"아이가 많이 아픈가 봐요?"

"보면 모르겠어요? 많이 아픈 애예요. 구경거리가 아니라고요."

잔뜩 날이 선 말투에서 아픔이 느껴지는 건 착각일까?

준영은 귀찮게 하지 말라는 듯 아이의 손을 잡고 가려는 아이 엄마를 붙잡으며 빠르게 말을 이었다.

"수상한 사람이 아닙니다. 아이가 아프다고 하는 소리에 너무… 마음이 아파서 이렇게 나서게 됐습니다. 이게 제 명함입니다."

진실이 약간이나마 통했을까? 명함을 받아 든 엄마의 얼굴에서 경계심이 약간 누그러지는 것 같았다.

"도움을 드릴 수 있다면 드리고 싶습니다. 전 그저 이 아이가 아프지 않았으면 하는 마음에서……."

"흑! 흐윽!"

아이 엄마가 갑자기 울음을 터뜨리는 바람에 말을 하던 준영은 당황할 수밖에 없었다.

"흑! …당신이 어떻게 도울 건데요? 병명조차 모르는데… 1년에 1억이 넘는 약값과 치료비가 들어가는데 당신이 어떻게 도울 건데요!"

준영이 앞에 있었지만 준영을 향한 외침은 아니었다.

아프다고 우는 아이에게 아무것도 해줄 수 없다는 것에서 나오는 자괴감, 오로지 부모의 몫이라고 떠미는 누군가에 향한 분노 등등.

수많은 감정이 어우러진 스스로에 대한 외침이었다.

"제가 의사가 아니라 뭐라고 드릴 말씀은 없습니다만 치료비라면 도와드릴 수 있습니다."

"……"

"괜찮으시다면 저기 커피숍에서 얘기를 좀 할 수 있을까요?"

아이 엄마는 잠깐 망설였다. 그러나 아이를 잠시 보다가 준영을 따라왔다.

아이의 병은 원인 미상의 피부병.

몸의 호르몬 균형이 깨져 발병했다고 생각되지만 그마저도 정확하지 않아 현재 의료 기술로써는 완치가 불가능한 병이라 했다.

"아이가 먹는 약도 치료와는 무관하다는 얘기로군요?"

"네, 진통제나 다름없다고 하더군요. 정기적으로 하는 호르몬 치료도 그날만 괜찮을 뿐 다음 날부터는 다시 고통을 호소해요."

준영은 아이스크림을 먹으며 행복해하는 아이를 보다가 다시 물었다.

"나라에서는 지원을 못 받고 계신가요?"

"한 달에 30만 원씩 지원을 받고 있어요. 정확한 병명을 알지 못해 그렇게 산정된 거라고 하더군요."

"…그렇군요."

준영은 답답함을 느꼈다.

'아이들은 대한민국의 미래다'라고 부르짖으면서도 결국 모든 걸 부모에게 떠넘기는 정부.

결국 미래의 납세자가 될 아이들이 필요하다는 것이지, 진정 그들의 미래를 생각하는 건 아니었다.

'반드시 해야 할 일을 나 역시 잊고 있었군.'

자유로운 삶을 살고 싶어 계획을 단기적으로 잡다 보니 정작 희망이 되어줄 아이들에 대한 문제를 완전히 배제하고 있었던 것이다.

"저… 아까 하신 말씀은……."

치료비를 내주겠다는 말의 진위를 걱정하는 듯한 아이 엄마의 말에 준영은 정신을 차렸다.

지금은 눈앞의 모자에게 먼저 신경을 써야 했다.

"아까 말씀드린 대로 치료비와 약값 전액을 지원해 드리겠습니다."

"정말이세요?"

아까와 달리 약간의 희망이 담긴 목소리에 거부의 말을 할 수 있는 사람은 드물 것이다.

"물론이죠. 그리고 병원을 옮기시거나 입원을 한다고 해도 그에 대한 치료비 또한 지원하겠습니다."

"감사합니다! 감사합니다! 흑! 감사… 합니다."

연신 감사하다는 말만 반복하며 눈물을 흘리는 아이 엄마를 겨우 달래 보낼 수 있었다.

"휴~ 또 해야 할 일이 늘다니. 쉴 팔자는 아닌가 보다."

일복이 터졌지만 중얼거리는 준영은 그리 나쁜 표정만은 아니었다.

마지막 남은 커피를 마시고 오토바이에 오른 준영은 내비게이션에 성심테크를 찍고 출발을 했다.

차량들이 많은 사거리, 덩치가 크다 보니 오토바이의 장점이라고 할 수 있는 기동력이 없어 서다 가다를 반복했다.

'어, 쟨 경민인데.'

사거리 신호에 걸려 서 있는데 각자 다른 곳으로 간다던 경민이와 오강석이 함께 있는 것이 보였다.

멀리서 보기에도 혼이 나고 있는 모양새였다.

준영은 헬멧의 기능 중 도청 기능을 활성화시켰다.

순간적으로 엄청난 소음이 들려왔지만 곧 준영이 바라보고 있는 곳의 소리만 또렷하게 들리기 시작했다.

"…외박 나오면 군 생활 끝나는 거야? 응? 개념을 어디다 놓고 다니는 건데, 이 새끼야! 저기 있는 아가씨가 니 애인이야? 분명 데이트 도우미일 거 아냐. 그런데 못 바꿔주겠다고? 씨발, 이유가 뭔데? 말해보라고, 이 새끼야!"

"…물건이 아니잖습니까?"

"지랄 났다! 너희 형이라는 사람이 돈 주고 샀을 거 아냐? 그럼 물건이나 다름없지. 이 새끼 말하는 거 보니 아예 데리고 살 기세네? 그래서 결국 못 바꿔주겠다고?"

"……."

경민은 무언으로 대답을 대신했다.

"씨발, 길거리라 쪽팔려서 그냥 가겠지만 부대 안에 들어가서 보자. 그때도 물건 운반하는지 두고 보자고. 꼴도 보기 싫으니 꺼져, 이 새끼야!"

경민이는 융통성이 없었다. 좀 더 편하게 군 생활을 하라고 기껏 돈까지 들여놨더니 결과적으로 더 꼬이게 된 상황.

오강석의 입이 걸고 후임인 경민을 인간적으로 모욕하는 건 참을 만했다.

세상엔 이런 놈도 저런 놈도 있게 마련이니까.

하지만 인간을 물건 취급하는 것에는 화가 났다.

데이트 도우미는 자신이 고용했고 무사히 돌아갈 수 있게 해야 하는 일말의 책임이 있었다.

어두운 골목에서 두들겨 팰까도 생각해 봤지만 유치한 짓이었다.

그저 세상 무서운 줄만 알게 해주면 될 일.

준영은 경민과 헤어져 물건 취급하던 데이트 도우미와 시시덕거리는 오강석을 쫓아갔다.

그리고 적당한 때 옆으로 접근했다.

"오강석 씨, 여기서 다시 만나네요."

"…그러게요."

별로 달갑지 않은 모양인지 그는 인상을 노골적으로 구기며 말했다.

이미 받을 것 다 받았으니 더 이상 볼일이 없다는 태도였다. 준영은 짐짓 모른 척 말을 이었다.

"아까 전에는 경민이와 같이 있어서 말을 못 했었는데 혹시나 그럴 일은 없겠지만 적당히 갈구라고 말해 드리고 싶네요."

"말씀 이상하게 하시는군요. 마치 제가 경민이를 엄청 괴롭힌다는 듯한 뉘앙스가 느껴집니다만?"

"하하! 오햅니다. 그저 오강석 씨가 알아두면 좋을 것 같아서 말해 드리려 했는데 싫으시다면 그만두죠. 나중에 절 원망하면 안 됩니다."

준영은 다시 헬멧을 쓰며 가려는 척을 했고 오강석은 찝찝했는지 결국 물었다.

"…제가 알아야 할 것이 뭡니까?"

"별거 아닙니다. 경민이의 형이 서울에서 유명한 조직폭력배 두목입니다. 동생을 무척이나 아끼죠."

"…군대엔 군대의 규율이 있는 법입니다."

굴하지 않겠다는 듯 말했지만 목소리는 미세하게 떨리고 있었다.

"군대가 인생의 끝이 아니잖아요? 몇 개월 누군가를 갈구다가는 평생 힘들어질 수 있습니다. 아마 조만간 경민이의 형도 면회를 올 텐데 오강석 상병에게 식사나 대접하라고 말해두죠."

"그, 그럴 필요는……."

"무서운 사람이지만 동생에게 잘해주는 사람에겐 한없이 너그러울 겁니다. 그럼 전 이만. 즐거운 시간 보내세요."

협박은 이 정도면 충분했다.

협박이 현실이 될지 공허한 말이 될지는 이젠 오강석에게
달려 있었다.

용인을 벗어나 오전에 왔던 길을 되돌아가던 준영은 갑자기
묘한 느낌을 받았다.

'뭐지?'

일단 도로가 어색했다. 이상한 표현이었지만 현 상황에 가
장 적절한 표현이기도 했다.

그리고 온몸을 간질이는 어떤 느낌.

서둘러 봄바람을 느끼기 위해 열어뒀던 덮개를 닫았다.

그러자 묘한 느낌의 정체를 알았다.

빠르게 달리지도 않는데 뒤에서 따라오는 차들이 추월을 하
지 않고 있다는 것과 전방에서 오는 차들이 어느 순간 한 대도
없다는 것이었다.

그리고 그 순간 앞에서 대형 트럭 네 대가 차선을 완전히 막
고 달려오고 있었다.

백미러로 보니 멀찌감치 따라오던 차들이 역시 차선을 막고
속도를 높이고 있었다.

"철무한인가?"

천(天)이 걱정하던 대로 됐다.

이미 벌어진 일, 후회한다고 바뀔 것은 없었다.

천(天)도 이제는 이 상황을 알고 있을 터지만 당장 어떤 수

가 있지는 않을 것 같았다.

생각하는 사이 어느새 트럭이 눈앞까지 다가왔다.

온 신경이 오직 살아남아야겠다는 것에 집중되었다.

트럭에서 비릿한 웃음을 짓고 있는 운전자의 모습이 또렷하게 보일 정도.

준영은 입꼬리를 올리며 달리던 속도 그대로 핸들을 꺾었다.

*   *   *

식당 카운터에 앉아 손님들에게 돈을 받는 허가량은 무척이나 평범하게 생긴 아저씨였다.

"잘 먹었어, 허 형."

"허허허! 다음에 또 오게."

오랫동안 장사를 해서인지 동네 주민들 중 그를 모르는 사람이 없을 정도.

은은한 미소를 띤 채 연방 오가는 손님들에게 인사를 하던 허가량이 막 들어오는 손님을 보고 살짝 인상이 굳었다가 풀렸다.

너무 짧은 순간이라 어느 누구도 눈치를 못 챘고, 허가량도 아무 일 없다는 듯 다시 일을 했다.

그리고 20분쯤 지났을 때 특실 담당 종업원이 잔뜩 주눅이 든 채 다가와 죄송하다는 듯 말했다.

"사장님, 황금실 손님께서 음식에 불만이 있으신지 사장님을 보고 싶다고…….”

"그래? 알았어. 내가 가볼게. 넌 다른 방이나 신경 써."

평소 깐깐한 편인 허가량에게 한 소리 들을 것이라고 생각했는데 의외로 대수롭지 않게 말했기에 종업원은 어리둥절해하며 갔고, 허가량은 홀에서 일하는 직원에게 카운터를 맡기고 특실이 있는 3층으로 올라갔다.

"실례합니다."

노크를 하고 들어가자 식탁 가운데에 노인이 앉아 있었고 나머지 네 명은 그를 호위하듯 서 있었다.

허가량은 고개를 숙이며 말했다.

"오랜만에 뵙습니다, 대형."

"그래, 오랜만이군. 자네가 은퇴를 선언한 뒤로 처음이니까 5년 만인가?"

"올해가 6년째입니다."

"그런가? 시간 참 빨리 가는군."

노인은 담담하게 말하며 술을 마셨고, 허가량은 술잔이 비자 다가가 술을 따랐다.

"음식이 마음에 드시지 않는다고 들었습니다만…….”

"끌끌! 카운터에서 아는 체하면 자네가 싫어할 것 같아서 연기 좀 했네."

"제가 감히 대형께 어찌…….”

노인이 친한 듯 말하고 있었지만 그 이면에 숨겨진 무서움을 잘 알기에 허가량은 고개가 바닥에 닿도록 엎드리며 말했다.

허가량의 그런 태도에 흡족했는지 노인은 가볍게 고개를 끄덕였다. 그러면서도 고개를 들라는 말은 하지 않고 다시 술잔을 들이켰다.

그렇게 5분쯤 지났을까 노인이 입을 열었다.

"자네가 해줬으면 하는 일이 있네."

노인의 말에 엎드려 있던 허가량의 몸이 순간 부르르 떨렸다. 그리고 잠시 후 조심스럽게 대답했다.

"이미 은퇴한 지가 오래됐습니다. 요즘 젊은 친구들보다 떨어지는 실력을 어디에 쓰시려고 하는지 몰라도 재고하심이……"

말은 좋게 거절을 하고 있었지만 속으로는 온갖 욕을 다 하고 있는 중이었다.

허가량은 중국에서 손꼽히는 킬러였다.

가난 때문에 시작한 일이었기에 필사적일 수밖에 없었던 그는 상부에서 내리는 수많은 지령을 단 한 번도 실패를 해본 적이 없었다.

귀살(鬼殺).

귀신도 죽일 수 있다는 의미로 붙여진 그의 별명은 킬러계의 전설 중 전설이었다.

그런 그가 6년 전 조직의 상부와 약속한 100번째 살행을 마치고 은퇴를 했는데 이제 와서 다시 손에 피를 묻히라니 화가 날 만했다.

그렇다고 단박에 거절할 수는 없었다.

눈앞에 있는 노인이 바로 삼합회의 회장이었기 때문이었다.

"요즘 젊은 것들은 믿을 수가 있어야지. 명령을 내려놓으니 흑사회, 아니, 한국에서는 조직폭력배라고 하나? 어쨌든 그런 놈들에게 당하는 놈도 있었지. 게다가 킬러라는 놈들이 오히려 어떻게 당했는지도 모르게 죽어 나자빠지니 조직에 킬러의 씨가 마를 판이네."

"어쩌다가……!"

허가량이 알기로 삼합회 내의 킬러 조직인 귀살문―그의 별명을 갖다 붙였다―은 철저하게 점 조직화되어 있었고 오로지 회장만이 전부를 알고 있다고 해도 과언이 아닌 조직이었다.

심지어 킬러끼리도 자신이 어느 조직에 몸담고 있는지조차 모르는 이들이 수두룩할 정도였는데 그런 킬러들이 하나둘씩 제거되고 있다니…

조직의 최상층부에서 정보가 유출된 게 아니라면 불가능한 일이었다.

아니나 다를까 노인은 스마트폰을 툭 던지며 말했다.

"조직의 분석 팀에서는 이 망할 놈의 기계 때문이라고 예측하고 있더군. 자네가 활동할 때와 달리 요즘 것들은 없어서는 안 될 물건이라고 몇 개씩 들고 다니지. 해커가 스마트폰의 내역을 모두 뒤져 상위의 인물을 찾아내고 또 그 상위 인물의 스마트폰을 뒤져 다른 킬러들과 최상위의 인물을 찾아낸 것이라고 하더군. 내가 자네를 직접 찾은 것도 혹 이 기계를 사용하다가 자네까지 변을 당할까 저어해서 온 것이네."

허가량이 생각하기에도 만일 그런 일을 해낼 수 있는 사람이 있다면 귀살문의 괴멸은 당연한 일이었다.

그러나 삼합회에도 수많은 해커가 있지만 그런 일을 해낼 수 있는 사람은 없는 것으로 알고 있었다.

"배반자가 있을 가능성은……?"

"그런 의견도 있어서 색출하려 하고 있지만 영 신통치 않아. 그렇다고 의심되는 모두를 죽일 순 없는 일이지 않은가?"

말은 아니라고 해도 충분히 그렇게 하고도 남을 인간이었다.

허가량은 문득 죽여야 할 인물이 누구인지 궁금해졌다. 그러나 곧 고개를 저었다.

어떻게 빠져나온 조직인데 다시 그 구덩이로 들어가야 한다는 생각에 몸서리가 쳐질 지경이었다.

허가량의 생각을 알았을까 노인의 말투가 한결 부드러워졌다.

"이번 한 번만 도와주게. 합당한 금액을 지불할 것이고 두 번 다시 자네를 찾는 일은 없을 걸세."

"손을 뗀 지 너무 오래됐습니다."

"자네의 일 스타일은 쉰다고 사라지는 것이 아니지."

노인의 말처럼 허가량은 잠입을 해서, 혹은 멀리서 저격을 하는 스타일이 아니었다.

오로지 발로 뛰어 정보를 알아내고 그 정보를 토대로 완벽한 함정을 만들어 100번의 살행을 성공했었다.

"…이젠 돈만 생각하는 장사꾼이 되어버렸습니다."

돌려 말하고 있지만 명백한 거절.

온화하게 웃던 노인의 인상이 굳어졌다.

엎드려 있음에도 공기의 흐름이 바뀐 것을 느낀 허가량은 침을 삼켜야 했다.

'살 수 있을까?'

허가량은 노인을 이 자리에서 죽일 생각을 해봤다.

그러나 계란으로 바위 치기였다. 지금 상황에서 손이 조금이라도 움직인다면 삼합회 내에서도 정예 중의 정예라는 네 명의 경호원이 일제히 그를 향해 공격해 올 것이 분명했다.

특실에 싸늘한 침묵이 지속됐다. 그리고 침묵을 깬 것은 노인이었다.

"아쉽군. 이번 일만 해주면 자네가 찾던 사람의 행방에 대해 말해주려고 했는데 말이야."

"그, 그게 무슨 말입니까?"

허가량은 숙이고 있던 고개를 쳐들며 물을 만큼 노인의 말에 놀랐다.

"말 그대로일세. 자네가 그토록 찾아 헤매던 여자가 어디로 갔는지 알아냈다는 말일세."

"그녀는 어디 있습니까?"

"쯧! 미안하네만 상당히 공을 들여 찾아낸 정보일세. 내 부탁을 거절한 자네에게 말해줄 의무는 없다고 생각하네만."

허가량에겐 23년 전 사랑하던 여자가 있었다.

정식 결혼은 못 했지만 아이까지 있었는데 어느 날 편지 한 통만 놓고 아이와 함께 사라져 버린 것이다.

이유는 편지에 간단히 쓰여 있었다. 평범한 직장인이라고 생각했던 자신이 킬러라는 사실을 알아채고 아이의 미래를 위해 떠난다는 말뿐이었다.

허가량은 틈이 날 때마다 그녀를 찾기 위해 노력했고 지금도 마찬가지였다.

식당을 해서 번 돈 대부분을 사람을 고용하는 데 사용하고 있었다.

한데 그런 그녀의 행방을 알고 있다니 놀랄 수밖에 없었다.

조직에서 의도적으로 숨겼다고 생각했었던 적도 있었는데 지금은 그런 것을 따질 때가 아니었다.

"하, 하겠습니다. 그녀는 지금 어디에 있습니까?"

허가량이 허락하자 그제야 노인의 입꼬리가 살짝 올라갔다.

"한국."

"한국! 한국 어딥니까?"

"자세한 것은 일이 끝난 후에 말해주지. 그리고 행여나 엉뚱한 생각은 말게."

너무 기쁘고 놀라 정확한 위치까지 물어보던 허가량은 노인의 말에 정신을 가다듬었다.

노인이 어떤 사람인지 새삼 깨달은 것이다.

실패한다면 영원히 모를 것이고, 성공한다면 그제야 알 수 있으리라.

'반드시 성공하겠다!'

이웃집 아저씨 같은 눈빛을 하고 있던 허가량의 눈빛은 서서히 과거 귀살이라고 부르던 그때로 돌아가고 있었다.

허가량은 철두철미한 사람이었다.

부인의 행방을 알기 위해 허락한 일이었지만 자신이 살고 목표물을 죽여야 하는 두 가지를 만족시켜야 하는 일이었기에 과거보다 더욱 정보를 모으는 데 철두철미할 수밖에 없었다.

삼합회 회장에게 설명을 듣고 그것도 모자라 실제 일을 사주한 철무한도 만났다.

얼굴과 목을 다쳤는지 볼에 커다란 살색 밴드를 붙이고 있었고 목에는 보호대를 착용하고 있었다.

철무한은 허가량의 묻는 말에 대답하면서 여러 가지 정보를 줬다.

그중에는 얼토당토않은 말도 있었다.

"진짜 인간인지 체크할 체온 감지기를 사용해야 한단 말입니까?"

"진짜를 죽이고 싶다면."

"…목표물이 소설에서 나오는 분신술이라도 쓰는 겁니까?"

"분신술이라고 하면 분신술일 수도 있겠군. 다만 분신이 허상이 아닌 인조인간이라는 점이 다르겠지만."

"인조인간이라면 로봇을 말하는 겁니까?"

허가량은 SF 소설 같은 철무한의 말에 검지로 코를 긁적이며 물었다.

지금까지 인간처럼 움직이는 로봇을 개발 중이라는 말은 들어봤지만 성공했다는 얘기는 들은 적이 없었기 때문이었다.

"믿지 않는 눈치군. 하지만 나처럼 당하게 되면 믿게 될 테지."

철무한이 자신의 볼을 가리키며 말했다.

그리고 상처를 입었을 때를 생각하는지 얼굴이 악귀처럼 일그러졌다.

"그 상처가 로봇에게 당한 상처입니까?"

"쯧! 쓸데없는 걸 묻는군."

"반드시는 아니지만 알면 놈을 죽이는 데 도움이 될 것입니다."

외삼촌에게 듣기로 과거 최고의 킬러였다는 말에 만나기는 했지만 이런저런 귀찮은 질문만 하는 허가량이 상처에 대해 묻자 당장에 내쫓으려고 했다.

한데 죽이는 데 도움이 된다는 허가량의 말이 철무한을 움직였다.

"스무 명이 넘는 경호원이 있는 곳에 단 세 놈이 습격을 해왔어. 난 재빨리 차에 올라 상황이 정리되기를 기다렸지. 으득!"

상기하기 싫은 기억이었는지 이를 갈며 얘기를 시작하는 철무한.

허가량은 녹음기로 그의 말을 녹음하면서 하나라도 놓칠까 집중해 들었다.

"…분명 머리에 총알이 박히는 걸 봤는 데도 고개만 잠깐 젖힐 뿐 죽지 않더군. 그때는 워낙 상황이 급박해 생각을 못 하고 있었지만 지금 생각해 보면 호텔이 폭발했을 때도 놈이 살아남을 수 있었던 것도 로봇을 분신처럼 사용하고 있었기 때문임이 분명해."

철무한이 위급한 상황이라 정신이 없어 잘못 봤을 수도 있을 것이라고 허가량은 생각했다. 그러나 일말의 가능성도 없는 건 아니었기에 잠자코 있었다.

"경호원들을 모두 처리한 놈들이 차를 뜯으려고 하더군. 폭탄이 터져도 안전한 차를 말이야. 그때 다행히 후속 경호대가 도착하면서 무사할 수 있었지."

"차에만 계셨다면 그 상처는 어떻게 생긴 겁니까?"

"목은 차가 뒤집힐 때 생긴 것이고 이 볼의 상처는 강력한 산성 물질 때문이라고 하더군. 나중에 차를 보니 작은 구멍이 뚫려 있었어."

"혹시 그 차가 아직 사건 당시의 모습으로 남아 있습니까?"

철무한은 쪽지에 뭔가를 적더니 허가량에게 건넸다.

"이쪽으로 가면 확인할 수 있을 거야."

"감사합니다. 마지막으로 한 가지만 더 물어도 되겠습니까?"

"뭐지?"

"안준영, 그자가 어떤 자라고 생각하십니까?"

철무한은 잠깐 생각하더니 말했다.

"반드시 죽여야 할 놈이지, 물론 이런 답을 원하는 건 아니겠지만. 한 가지 확실한 건 놈은 나와 비슷한 놈이야. 한 번 실패하면 두 번 다시 기회를 잡기 힘든."

그 말을 끝으로 철무한은 돌아서 나가 버렸다.

"결론은 미꾸라지 같은 놈이라는 거군."

철무한의 말을 간단하게 정의 내린 허가량은 사고 당시의 차량을 보기 위해 발걸음을 옮겼다.

11장

자극

허가량은 목표물이 있는 한국으로 왔다.

무엇보다도 먼저 한국에 있다는 자신의 부인을 찾고 싶은 마음이 굴뚝같았지만 일단은 참을 수밖에 없었다.

우선 그의 방식대로 안준영에 대한 정보를 모으기 시작했다.

때론 심부름센터를 이용하고, 때론 자신이 변장을 하여 최대한 겉으로 맴돌며 감시를 했다.

철무한에게 들을 땐 헛소리라 치부했던 체온 감지기도 사용을 했다.

안준영의 분신이라 생각되는 이들은 사람의 체온과 달리 전체적으로 은은한 붉은 색이 났다.

확신을 얻기 위해 길거리에서 100명이 넘는 사람들의 체온을 재어보고 철무한의 말이 거짓이 아님을 알게 되었다.

한국에 온 지 한 달이 넘도록 단 한 번도 준영의 실체를 볼 수 없었지만 허가량은 서두르지 않고 실체가 나올 때를 기다렸다.

그리고 결국 모습을 드러냈다.

오토바이를 타고 어디론가 향하는 준영을 보고 허가량은 한 달 동안 준비했던 계획을 발동시켰다.

한국에서 일어나고 있는 조직 간의 전쟁으로 삼합회가 오랫동안 장악하고 있던 지역을 대부분 뺏겼다. 하지만 거점을 잃은 것이지, 삼합회 조직원을 잃은 건 아니었다.

평범한 중국계 한국인들 중에도 조직원이 있었고, 밀입국해 한국인들이 기피하는 3D 업종에 종사하며 살아가는 이들 중에도 삼합회원은 있었다.

이들을 통해 가장 먼저 준영이 어디로 향하는지 파악했다. 그리고 돌아올 것이라 예상되는 곳들 중 도로를 잠시 차단해도 우회 도로가 있어 다른 차들이 끼어들 여지가 없는 곳을 선택했다.

차량 통제는 의외로 쉬웠다. 영화 촬영을 핑계로 대자 대부분의 사람들은 순순히 불편을 감수하며 우회 도로로 갔다.

완벽하게 준비되었을 때 준영이 함정이 있는 곳을 향해 온다는 연락이 왔다.

'네놈 운도 여기까지다.'

멀찌감치 떨어져 준영을 뒤따르는 두 대의 차량이 있었지만 그에 대한 방비도 생각해 둔 터였다.

허가량은 도로가 훤히 보이는 산 중턱의 바위 위에 앉아 무전기를 만지작거리고 있었다.

그때 무전기에서 보고가 들어왔다.

ㅡ여우가 막 굴로 들어갔습니다.

여우는 안준영을, 굴은 함정을 말하는 것이었다.

"뒤따르는 경호원들을 조용히 처리하게."

ㅡ알겠습니다.

명령을 내린 허가량은 도로 위에서 펼쳐질 쇼를 놓치지 않으려는 듯 망원 고글을 썼고, 잠시 후 한쪽 도로에서 준영이 탄 오토바이가 모습을 드러냈다.

*   *   *

천(天)은 준영이 자신이 직접 외출을 다녀오겠노라고 고집을 피웠을 때 마지못해 허락을 했다.

물론 지(地)에게 잡힌 킬러의 스마트폰을 이용해 킬러 조직을 파악해 몰래 제거를 했기에 가능한 허락이었다.

그렇다고 해도 홀로 보낼 수는 없는 일.

여섯 대의 로봇을 뒤따르게 했다.

로봇을 조종하던 천(天)이 준영과 거리가 조금 벌어졌다고 생각해 차의 속도를 높이려 할 때였다.

앞에 추돌 사고가 났는지 여러 대의 차가 도로를 완전히 막고 있었다.

일단 액셀이 아닌 브레이크를 밟았다.

그러다 문득 비가 오지 않았음에도 바닥이 물로 흥건하다는 것과 사고가 난 듯 보이는 차량들이 돌아오는 길 내내 본 적이 없는 번호판을 달고 있음을 알게 되었다.

'함정!'

브레이크를 밟고 있던 발로 급하게 액셀을 밟았다.

하지만 늦었다. 천(天)의 반응보다 빠르게 양옆에서 수십만 볼트의 전류가 차량을 덮쳤다.

지지지지지직!

여섯 대의 로봇과 연결이 끊어지는 건 순식간의 일이었다.

준영의 사무실 소파에 앉아 눈을 감고 있던 천(天)의 눈이 떠졌다. 그리고 자리에서 벌떡 일어났고 얼굴을 와락 구겼다.

"준영! 준영!"

설상가상으로 함정 일대가 방해전파로 인해 통신까지 불통이었다.

천(天)의 표정은 얼음이 떨어질 정도로 차갑게 변했다.

"그에게 무슨 일이 일어난다면 너희들은 지옥을 보게 될 것이다!"

준영을 위험에 빠뜨리게 한 자신에 대한 질책이었고 동시에 그를 죽이려 하는 인간에 대한 분노였다.

그녀가 말한 '너희들'의 범주가 어디까지인지는 천(天)만이 알 뿐이었다.

그리고 천(天)의 중얼거림과 동시에 성심테크에서 헬기와 경호 로봇들이 일제히 움직이기 시작했다.

*　　　*　　　*

준영은 트럭과의 거리가 가까워졌을 때 핸들을 왼쪽으로 꺾으며 몸을 눕혔다.

미사일에 직격만 되지 않으면 안전할 거라던 천(天)의 말을 믿고 한 행동이었다.

끼이이이이아아아~~

오토바이가 마치 얼음판에서 슬라이딩하듯이 아스팔트를 미끄러져 트럭의 바퀴 아래로 파고들었다.

뭐든지 뭉개 버릴 것 같은 시커먼 바퀴가 눈앞까지 다가왔다.

터엉!

"큭!"

쇠로 된 상자에 계란을 넣고 바위에 던진다면 쇠로 된 상자는 무사할지 몰라도 계란은 깨지게 마련이다.

준영은 트럭의 바퀴와 부딪히는 순간 마치 계란처럼 충격을 받았다.

만일 튼튼함만 믿고 정면으로 부딪혔다면 충격에 죽었을 것이 분명했다.

준영은 충격에 신음 소리를 냈지만 눈을 감진 않았다.

그리고 시커먼 트럭 바퀴가 오토바이를 어쩌지 못하고 타고 넘는 모습이 보였다.

한 고비를 넘겼다고 생각하는 순간 또다시 충격.

대형 트럭답게 바퀴가 중간에도 있었다.

하지만 이미 오토바이를 타고 넘어가는 트럭의 바퀴는 처음보다 훨씬 덜 위협적이었다.

오토바이를 바퀴 밑으로 슬라이딩시키고 트럭이 완전히 지날 때까지의 시간은 고작해야 1~2초.

그 시간이 마치 억겁처럼 길게 느껴진 것은 죽음의 공포 때문이리라.

트럭이 지나가고 뻥 하고 뚫린 도로를 보는 순간 시간은 원래대로 돌아왔다.

꽈꽈꽈꽈꽝!

방금 지나간 트럭들과 뒤쫓아 오던 차들이 부딪히며 폭발하는 듯한 소리가 났다.

그와 함께 산산조각 난 쇳조각과 유리 따위가 우박처럼 떨어졌다.

"그나저나 오토바이가 자동으로 일어난다고 하지 않았던가?"

오토바이가 옆으로 누워 있는 상태에서 세우겠다고 일어나자니 어딘가에 있을 저격수가 걱정이 되었다.

잔소리꾼이며 누구보다도 자신을 걱정하는 천(天)이 지금까지 말이 없다는 건 통신이 되지 않고 있다는 소리였기에 굳이 천(天)을 찾지 않았다.

결국 할 수 있는 일이라고는 트럭과 부딪히며 꺼져 버린 시동을 다시 걸고 액셀을 돌리는 방법밖에 없었다.

부릉! 우우웅~

혹시나가 역시나였다.

액셀을 돌리니 넘어진 쪽에서 바람이 일어나며 넘어져 있던 오토바이가 약간 일어났고 바퀴가 땅에 닿자 팽이 돌듯이 돌며 똑바로 섰다.

"꽤 어지러운 방법이군."

어찌 되었든 섰으니 그걸로 됐다.

백미러로 트럭과 차들이 부딪히며 전쟁터처럼 변한 사고 현장을 일견하자 대형 트럭 뒷문이 열리며 각종 무기를 든 사람들이 밖으로 나오고 있었다.

한두 명이라면 오토바이의 튼튼함을 믿고 싸워보겠지만 수십 명이 넘었고, 그들 중 일부는 휴대용 로켓포까지 있었다.

준영은 지체 없이 오토바이를 출발시켰다.

"이대로 끝날 것 같지는 않은데……."

평소에는 잘 맞지도 않던 예감이 이럴 땐 어찌 이리도 정확하게 맞아떨어지는지 얼마 가지 못해 국경선을 지키는 듯 삼엄한 바리케이드가 쳐져 있었다.

설상가상으로 그 바리케이드는 천천히 앞으로 다가오고 있었다.

"이를 어쩐다."

오토바이를 세우고 잠시 고민하던 준영은 다시 뒤로 방향을 바꿨다.

그러나 뒤쪽도 마찬가지. 앞쪽과 마찬가지로 진형을 갖추고 천천히 접근 중이었다.

앞이냐? 뒤냐?

고민은 길지 않았다. 통과했을 때를 생각한다면 성심테크와 가까운 앞쪽이 좋았다.

"빠르기도 하셔라."

다시 오토바이를 돌렸지만 어느새 상당히 가까이 다가와 있었다. 몇 분만 지나면 앞뒤로 완전히 포위될 것이 분명했기에 더 이상 선택의 여지가 없었다.

"후우~"

평소에 믿지도 않던 신에게 무사 귀환을 빈 후 길게 숨을 내쉬었다.

그리고 액셀을 당기려는 순간 반가운 목소리가 들려왔다.

―내 말 들려? 준영아, 내 말 들리냐고?

걱정을 하는 건지 짜증을 내는 건지 애매모호했지만 전자라고 생각하며 말했다.

"왜 이렇게 연락하기가 힘들어요?"

―미안. 방해전파 때문에 통신만 겨우 가능하게 만들었어. 한데 괜찮은 거야?

"지금까지는요. 그런데 지금 포위되기 일보 직전이에요."

―5분 후면 헬기가 도착할 거야. 그때까지만 버텨.

"후후! 힘들지도 몰라요. 누가 준비했는지 꽤 주도면밀하게 준비를 했군요."

위급한 상황이 되자 오히려 마음이 차분히 가라앉았다. 그래서일까 달관한 사람의 목소리처럼 허허롭기까지 했다.

─모조건 버텨! 그럼 구해줄게.

"고이 죽을 생각은 없어요. 참, 오토바이 바퀴가 총알을 버틸 수 있을까요?"

"웅, 특수 고무라 터지는 일은 없을 거야."

"그거 참 다행이네요. 그리고 누나… 한 가지 약속해 줄래요?"

─안 해! 아니, 못 해!

천(天)이 준영의 목소리에서 이상함을 느꼈는지 다급히 말했지만 준영은 자신이 할 말을 계속했다.

"인간 전체가 아닌 철무한에게만 복수해 줘요. 아! 그리고 한 가지 더. 절 다시 만들어내지 말아줄래요. 파일마냥 복사되어 사는 삶은 싫거든요."

싫다고, 죽으면 스파르타들처럼 수백 명으로 카피할 거라고 소리치는 천(天)의 목소리를 배경음악 삼아 준영은 액셀을 돌렸다.

부아아아앙!

준영의 마음을 대변이라도 하듯이 오토바이는 굉음을 내며 달려 나갔다.

두두두두두두두두두두두!

팅! 티팅! 티팅! 팅! 티티티팅!

적들의 총이 일제히 불을 뿜었다.

마치 우박이 쏟아져 내리는 것처럼 오토바이에 총알이 명중됐지만 총알 정도로는 어쩌지 못했다.

안전하다는 걸 알았으니 총은 무시했다. 준영이 바라보고 있는 것은 로켓포.

푸악! 푸악! 푸악! 푸악!

여러 개의 로켓포가 하얀 연기를 뿜으며 발사됐다.

준영은 기다렸다는 듯 오토바이를 갈지(之)자로 조정했다.

유도탄이 아닌 이상 지그재그로 움직이면 맞히기 힘들 것이라고 생각했는데 예상대로였다.

한데 준영의 생각이라도 읽은 것일까 망원 고글에 조금 다른 탄을 넣는 것이 보였다.

"빌어먹을! 이래서 생각도 함부로 하면 안 되는 거야. 유도탄까지 쓸 줄이야."

바리케이드와의 거리는 불과 30미터. 직진한다고 해도 어차피 뚫을 수도 없었기에 준영은 오토바이를 돌렸다.

그리고 그 뒤로 유도 기능이 있는 미사일들이 뒤쫓아 왔다.

─왼쪽에 있는 붉은 색 버튼을 눌러서 플레어를 사용해!

자신을 잡겠다고 유도탄까지 사용하는 적도 황당하지만 오토바이에 전투기에서나 쓰는 플레어를 탑재한 천(天)도 황당했다.

물론 황당함은 잠시 미루고 붉은 색 버튼을 눌렀다.

푸악!

오토바이에서 뿜어져 나온 플레어가 유도탄들을 교란시켰다.

하지만 전투기와 오토바이가 다른 점이 있었으니⋯ 교란된 유도탄들이 근처에 박혀 터진다는 점이었다.

쾅! 콰쾅! 쾅! 쾅!

직격된 것은 없었지만 폭발하는 힘에 밀려 오토바이도 가랑 잎처럼 날아 한쪽 벽에 처박혔다.

"으악!"

온몸의 뼈가 부서지는 듯한 충격에 절로 비명이 터져 나왔다.

섬광탄을 맞은 듯 귀는 먹먹했고 눈에는 하얀 빛만이 가득 했다. 오로지 육감만이 살아남아 위험 신호를 보내고 있었다.

'그대로 있으면 위험해.'

준영은 아무것도 보이지 않았지만 무작정 액셀을 당겼다. 살기 위한 몸부림이었다.

다행히 오토바이는 움직였고 달리기 시작했다. 그 순간 조금 전까지 있던 곳에 폭탄이 떨어졌다.

콰콰콰쾅!

안도의 한숨이 나왔다.

그러나 안도하는 순간 '쾅' 하는 소리와 함께 오토바이가 어딘가에 부딪혔다.

"컥!"

계속되는 충격에 결국 철 상자 속에 든 계란은 버티지 못했다.

*　　　*　　　*

"드디어 끝났군."

망원 고글로 오토바이 속에 있는 준영의 상태를 지켜보던 허가량은 약간 들뜬 목소리로 중얼거렸다.

지독히도 튼튼한 오토바이었다.

철무한의 차를 부술 정도의 화력을 준비했기에 망정이지 아니었으면 절대 성공하지 못했을 것이다.

유도탄 공격에 플레어까지 사용할 줄은 정말 생각도 못 했던 일이었다.

하지만 운이 따랐다.

교란된 유도탄들이 오토바이 옆에서 터지면서 콘크리트 벽에 오토바이가 처박혔고 그 때문에 준영이 정신을 못 차리게 된 것이다.

사실 운 좋게 그다음 공격까지 피했으나 스스로 맞은편 벽에 돌진해서 박아버리면서 정신을 잃은 것이다.

준영은 코로 쉴 새 없이 피를 흘리고 있었고 삼합회 조직원들은 마지막 타격을 위해 미사일을 장전하고 있었다.

허가량은 시선을 하늘로 돌렸다.

아이러니한 일이지만 누군가가 죽는 모습을 더 이상 보기 싫었기 때문이었다.

'응? 저건 뭐지?'

마지막 폭음만 들리면 전파방해를 위해 설치해 둔 장비를 수거해 산을 내려갈 생각이던 허가량의 눈에 두 개의 빛줄기가 보였다.

보였다 싶은 순간 두 개의 빛줄기는 빠른 속도로 날아와 준영을 잡기 위해 앞뒤로 포진된 바리케이드에 떨어졌다.

번쩍! 콰아앙!

엄청난 빛에 허가량은 눈을 감았고 뒤이어 멀리 있는 몸이 흔들릴 정도의 폭발이 일어났다.

*　　　*　　　*

2030년대를 사람들은 흔히 무인(無人) 시대라고 불렀다.

하늘엔 택배 물건을 나르는 무인 헬기가, 일상생활엔 무인 버스가, 안전을 위해 무인으로 바꾸지 않은 걸 제외하곤 대부분 바뀌어가고 있었다.

군대의 경우는 사회보다 더욱 무인화에 박차를 가하고 있었는데, 그중 무인 전투기에 가장 많은 역량을 쏟고 있었다.

특히 Kf-23 무인 전투기가 개발되면서 매일 수십여 차례의 훈련 비행이 있었다.

무인 전투기 삼군 통합 관제 센터.

강찬수 대령은 전면 모니터를 통해 대한민국에 떠 있는 무인 전투기들의 움직임을 살피고 있었다.

뭐가 마음에 안 드는지 그는 잔뜩 인상을 쓰고 있었다.

"…여전히 그대로인가?"

강찬수가 중얼거리자 다른 곳에서 전투기를 조정하던 김철인 대위가 대답했다.

─네, 미묘합니다. 마치 렉 걸리는 게임을 하는 것 같습니다. 조정을 한 후 약 0.4초 뒤에 반응을 합니다. 프로그램 업체에서 손을 본 건지 의문입니다.

"보기야 봤겠지. 다만 그들도 어쩔 수 없는 거야."

─그럼 이대로 쓰는 겁니까? 지난번에 저희가 건의한 성심 미디어의 어댑터는 어찌 되었습니까?

"언제 신청한다고 바로 되는 거 봤어?"

군의 고질적인 병폐는 시간이 흘러도 여전했다.

테스트해 보고 싶은 프로그램이 있음에도 그 업체가 방위산업체가 아니라는 이유에서 차일피일 미루기만 하고 있을 뿐이었다.

그렇다고 강찬수가 자신의 자리까지 걸고 윗사람들에게 얼른 해달라고 조를 만큼 대한민국 군에 애정이 있는 것도 아니었다.

"다들 복귀해."

말이 매일과 같은 테스트지 그냥 한 바퀴 돌고 오는 수준에 불과했다.

화면 속의 작은 전투기들이 서서히 한곳을 향해 모여드는데 유독 조금 전 김철인 대위의 전투기만 엉뚱한 곳으로 가고 있었다.

"장난치지 마라. 오늘 별로 기분 안 좋다."

전통적으로 간혹 치는 장난이었는데 오늘은 장난이 장난으로 받아들여지지 않았다.

　―대, 대령님, 전투기가 말을 듣지 않습니다.

　"그만하라고 했지!"

　―정말입니다, 대령님! 비상! 전투기가 통제에서 벗어났습니다.

　목소리에서 장난이 아님을 느낄 수 있었다.

　만일 이번에도 장난이면 정말 계급장을 떼버리겠다고 생각하며 숙소로 가던 걸음을 멈추고 다시 지휘석에 앉았다.

　"권한을 지휘부로!"

　아주 간혹 조종사에게 권한이 있을 때 무인 전투기가 제멋대로 움직이는 경우가 있었다.

　그렇게 되는 이유는 조종할 때 약간의 딜레이가 생기는 것처럼 알 수가 없었다. 하지만 더 높은 권한이 있는 지휘부가 강제로 뺏으면 괜찮아졌다.

　"권한을 지휘부로. 3, 2, 1. 권한을 받았습니다."

　컨트롤 타워에 있던 담당 중위가 복명복창을 하며 컴퓨터를 조작해 조종사에게 있던 권한을 빼앗았다.

　"기지로 복귀."

　"기지로 복귀시키겠… 비상! 명령이 먹히지 않습니다. 그, 그리고……."

　"똑바로 말해!"

　"미, 미사일 발사 장치가 가동되고 있습니다!"

　"뭐!"

강찬수 대령은 자리에서 벌떡 일어났다.

미사일이 발사되기라도 한다면, 그래서 혹 민간인이 피해라도 입는다면 자신만 옷을 벗는 것으로 끝날 문제가 아니었다.

최악의 경우 관련자 모두가 줄줄이 파면되는 것은 물론이고 미국, 일본, 중국, 러시아 등 군사 강국들에 비해 한참 처지고 있는 무인 전투기 사업 자체가 사라질 수도 있는 문제였다.

"아무래도 해킹을 당한 것 같습니다."

"해킹이고 나발이고 추락시켜! 아니, 자폭이라도 시키란 말이야!"

"지금 상태에선… 어떤 것도 불가능합니다. 아! 뇌, 뇌격 1, 2호기가… 발사되었습니다."

"……!"

미사일, 뇌격이 발사가 되었다는 소리에 강찬수 대령은 입만 벙긋거리며 의자에 털썩 주저앉았다.

"…떨어진 위치는?"

"구리에서 청평 쪽으로 가는 국도 근처에 떨어졌습니다……."

책임을 지고 옷을 벗을 때 벗더라도 지금 해야 할 일은 해야 했다.

"삼군 사령부에 보고를… 아니, 그건 내가 하지. 너희들은 당장 근처 부대에 연락해 그 지역을 봉쇄하도록 협조를 구하고 지원 팀을 보내도록. 또한 나머지는 왜 이런 일이 일어났는지 원인을 파악하도록."

"알겠습니다!"

컨트롤 센터에 있는 사람들이 일제히 대답하며 부산하게 움직이기 시작했다.

강천수는 엄지와 검지를 이용해 눈을 몇 번 누른 후 전화기를 들었다.

*　　　*　　　*

미사일이 떨어지면서 폐허처럼 변해 버린 국도에 헬기가 도착했을 때 준영은 거의 죽기 일보 직전이었다.

오토바이에서 꺼내진 준영은 곧장 성심테크로 옮겨졌고 뒤이어 도착한 스파르타들에 의해 몇 가지 흔적들이 지워졌다.

헬기가 착륙하자 대기하고 있던 천(天)은 그를 직접 안고 준비된 치료실로 옮겼다.

새하얗게 질린 얼굴, 앞섶은 온통 피투성이였고 숨소리는 청각을 높이지 않으면 들리지 않을 정도였다.

손으로 준영의 옷을 찢어 알몸으로 만든 천(天)은 슈트에 준영을 눕히고 닫힘 버튼을 누르려다 잠깐 멈췄다.

"준영······."

사랑하는 연인이라도 부르는 듯 애잔한 목소리.

당장에라도 울 것 같은 표정으로 준영의 얼굴을 잠깐 쓰다듬던 천(天)은 닫힘 버튼을 눌렀다.

슈트가 입혀지자 한쪽 모니터에서 준영의 몸 상태에 대한 정보가 나타났다.

엉망이었다.

오토바이 내부에서 이리저리 부딪히며 부러진 곳만 열두 군데였고 계속된 진동에 의한 충격으로 인해 복강 내 출혈, 흉강 출혈, 비장 파열 등 시간이 갈수록 부상 부위는 늘어만 갔다.

"일단 급한 부분부터 수술을 해야겠어."

준영은 몰랐지만 천(天)이 가장 심혈을 기울이고 있는 분야가 바로 의학이었다.

준영이 인간이었기에 언제 어떤 일이 벌어질지 몰라 만반의 준비를 해둔 상태였다.

슈트에서 준영을 꺼내 수술대로 옮긴 천(天)은 수술용 로봇을 작동시켰다.

크고 작은 여덟 개의 팔이 마치 춤을 추듯 움직이며 수술을 시작했다.

막상 몸을 열자 비장만 파열된 것이 아니었다. 대장과 소장도 일부 파열되어 수술 시간은 점점 늘어만 갔다.

"어머니! 준영이는요?"

준영이 한참 고전 분투할 때 천(天)의 말을 듣고 한달음에 사고 현장에 도착한 지(地)는 임무를 마치자마자 성심테크로 달려왔다.

"수술 중이야."

"얼마나 다친 겁니까? 어머니의 능력을 무시하는 건 아니지만 살 수 있겠죠?"

평소 지(地)답지 않게 무척이나 흥분한 모습이었다.

천(天)은 수술을 받고 있는 준영의 얼굴에 시선을 고정한 채 말했다.

"신체적인 건 문제가 없을 거야."

애매모호한 말이었지만 지(地)는 금방 알아들었다.

"혹시 머리를 다친 겁니까?"

"몇 군데 출혈이 있어. 그래서 정상적으로 깨어날지 이상 증상을 보일지는 확실하지 않아. 뇌의 영역은 나도 아는 부분보다 모르는 부분이 더 많으니까."

천(天)이 모른다면 세상에서 아는 사람이 아예 없다는 소리나 마찬가지였다.

"시킨 일은 잘 해결했어?"

천(天)은 준영에 대해서 더 이상 말하기 싫은지 화제를 돌렸다. 지(地) 역시 아직 결론이 나지 않은 일을 물어본다고 해결되는 것이 아니었기에 순순히 대답했다.

"고압 전기에 탄 로봇들은 회수를 해서 지하 창고에 옮겨뒀습니다. 그리고 어머니가 말한 곳에 올라가니 역시나 전파방해 장치와 한 사람이 있더군요."

통신 장애 범위를 계산해 장치가 있는 곳을 역추적하는 건 천(天)에게 식은 죽 먹기였다.

"정말 그곳에 있었을 줄이야… 그래서 놈은?"

"빈방에 가둬놨습니다."

"수고했어."

멀티태스킹이 가능했던 천(天)은 준영과 통신을 재개하며 무인 전투기 삼군 통합 관제 센터를 해킹 했고, 이번 일이 누구의 짓인지 찾기 위해 삼합회 킬러들의 정보와 과거 뉴스를 검색해 용의자를 찾아낼 수 있었다.

귀살이라 불리는 자.

괴담처럼 퍼진 소문으로 그의 활동 시기를 유추했고 그 시기 동안의 뉴스에서 삼합회와 척을 졌던 이들의 갑작스런 죽음을 조사해 이번 일과의 유사점을 찾아냈다.

그렇다고 해도 준영을 공격한 이가 귀살일 가능성은 5퍼센트 내외. 게다가 그가 전파방해 장치 근처에 있을 가능성은 한없이 영(0)에 가까웠다.

천(天)도 딱히 기대하지 않고 기계나 회수해서 가져오라고 했는데 지(地)에게 잡혀온 것이다.

"그놈은 어쩔 생각이죠?"

"글쎄, 어떻게 하면 가장 고통스러울지 생각해 봐야겠어. 그리고 영원히 그 고통이 반복되도록 만들어야겠지. 한데 왜 묻지?"

"제가 아는 사람이랑 너무 닮아서 혹시나 싶어서 물어봤죠."

천(天)은 감시 카메라를 통해 빈방에 앉아 탈출할 곳이 없는지 서성이고 있는 허가량을 보고는 지(地)가 왜 그런 말을 했는지 알 것 같았다.

물론 그녀도 아는 사람이었다.

"설령 그들의 아버지라고 해도 용서할 수 없어."

"당연합니다."

지(地)는 수술 중인 준영을 보며 천(天)의 말에 수긍할 수밖에 없었다.

다른 한편으로는 그동안 많이 친해져 이제 동생처럼 지내는 그 사람과 연관이 없는 사람이길 속으로 빌었다.

지(地)는 할 일이 있었기에 다시 서울로 올라갔다. 그리고 그 후로 세 시간이 더 지나 수술은 끝이 났다.

하지만 회복실로 보낼 수는 없었다. 아까 미뤘던 검사를 다시 해야 했기 때문이었다.

"다행이야."

계속해서 출력되는 검사 결과들을 확인하던 천(天)의 얼굴에 사건 후 처음으로 안도의 표정이 그려졌다.

위급한 순간은 모두 넘겼는지 준영의 몸은 대부분 정상 수치로 돌아오고 있었다.

그런데 마지막으로 실행된 뇌 촬영 영상을 보던 천(天)은 기쁜 것 같으면서도 약간은 걱정스러운 표정으로 바뀌었다.

"이제는 슬슬 깨어나도 괜찮지 않을까?"

알 수 없는 말을 중얼거리며 천(天)은 영상에서 눈을 떼지 못했다.

예전에 준영의 뇌는 붉은색, 노란색, 검은색으로 이루어져 있었다. 한데 현실을 완전하게 인정하게 됨으로써 붉은색과 노란색이 합쳐져 현재는 주황색, 검은색 두 개의 영역만 남게 되었다.

그리고 한동안 움쩍달싹도 하지 않던 검은색 구형이 차츰 커지고 있었다.

아직까지는 주황색 원에 비해 작았지만 한 번 자극된 검은색 영역이 얼마나 커질지는 두고 봐야 할 일이었다.

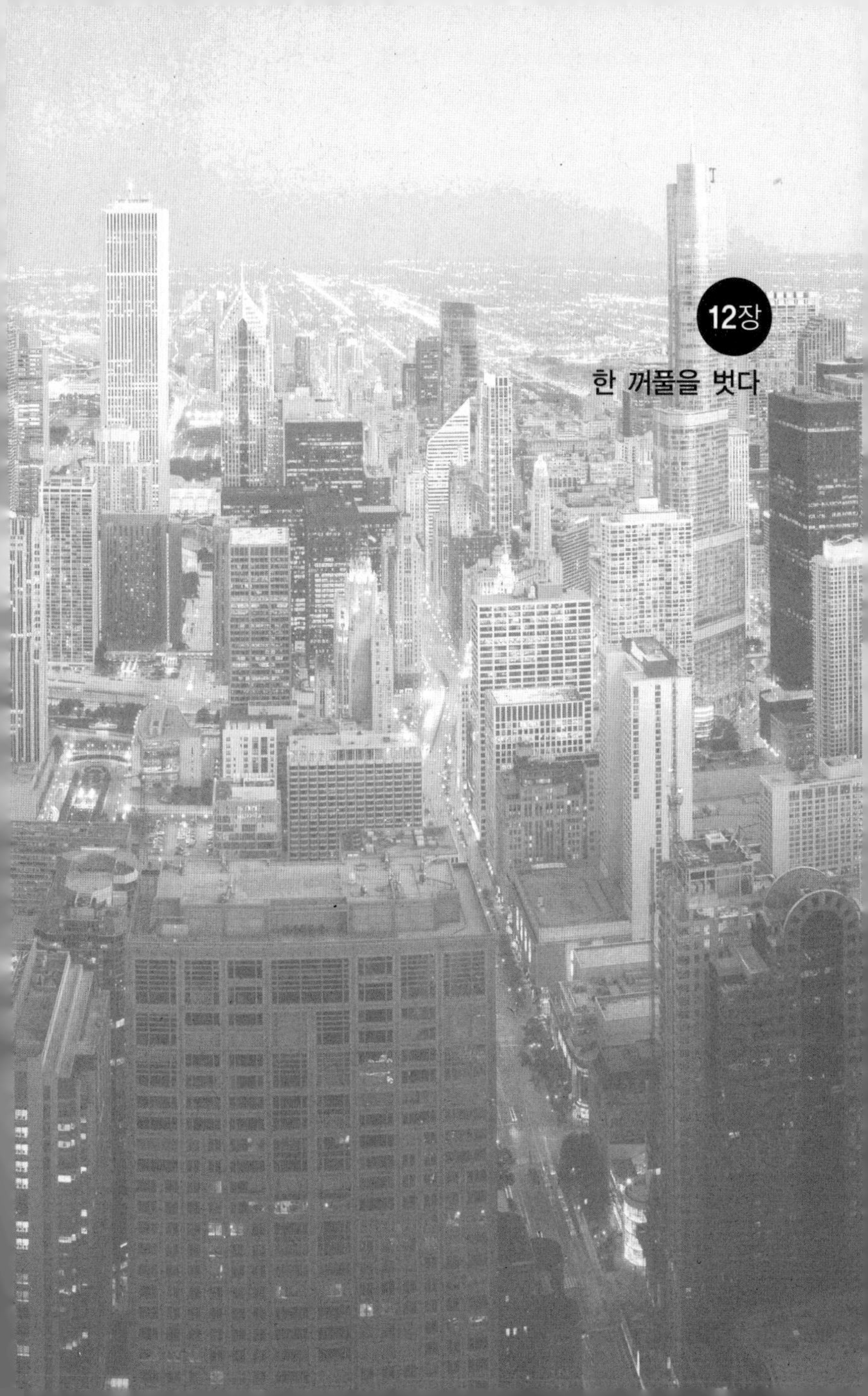

12장

한 꺼풀을 벗다

겉으로는 오래된 서양식 저택처럼 생긴 곳인데 내부는 한국 전통식으로 꾸며진 곳이었다.

처음 보는 곳이긴 한데 그리 낯설지만은 않은 묘한 느낌이 났다.

자신은—일인칭 시점으로 보고 있어서 그렇게 느껴졌다— 저택 뒤편에 있는 아름답게 꾸며진 정원을 거닐고 있었다.

꿈이라고 확신한 것이, 정원에는 온갖 동식물이 가득했는데 호랑이, 치타와 같은 육식동물과 토끼 같은 초식동물이 마치 가족인양 함께 뒹굴고 있었다.

게다가 웃기는 건 보기엔 그리 크지 않은 정원인데 아무리 걸어도 끝이 없다는 것이었다.

"……!"

누군가가 부르는 소리에 뒤를 돌아봤다.

반가운 얼굴들.

준영은 활짝 웃음을 지으며 그들을 불렀다.

"하늘아, 대지야."

반갑게 다가오는 두 사람은 현실보다는 다소 앳되어 보였다. 그러나 이상함을 느낄 새도 없이 자연스럽게 그들과 대화를 주고받았다.

"오늘은 무얼 했지?"

"전 새로운 프로그래밍 언어를 만들어보았어요."

작은 입술을 오물거리며 자신이 한 바를 자랑스럽게 얘기하는 모습에 준영은 그녀의 머리를 쓰다듬어 주며 말했다.

"잘했다. 앞으로도 계속 정진하렴."

"쳇! 그깟 게 뭐가 재미있다고. 전 작은 세상을 만들었어요. 그리고 제 자신이 강력한 힘을 지닌 드래곤이 되어 유희를 즐겼어요."

"하하하! 무척이나 즐거웠던 모양이구나. 하지만 하늘이가 한 일을 얕잡아 보는 건 안 된다. 각자에게 즐거운 건 다른 법이니까."

세 사람은 일상적인 얘기를 한참 동안 했다.

'응? 무슨 얘기를 했지?'

족히 몇 시간은 얘기를 한 것 같은데 기억에 남는 건 별로 없었다. 꿈이니 그러려니 생각했다.

꿈은 길었다.

비록 자신을 자신의 마음대로 할 수는 없었지만 주로 사색하는 시간이 많았기에 덩달아 편히 쉴 수가 있었다.

준영은 기생하는 것처럼 지냈다.

왜 스스로 이런 상황을 납득하는지는 이해할 수 없었지만 그저 시간을 죽이며 휴식을 취했다.

꽤 오랜 시간이 흘렀다. 준영은 점점 스스로를 망각하고 꿈속의 자신에게 동화되어 갔다.

그러던 어느 날, 평안이 깨졌다.

이유는 알 수 없었지만 꿈속의 준영은 분노하고 있었고 그 화를 주체하지 못했다.

운치 있던 저택은 폐허처럼 변해 버렸고 준영은 세계를 파괴하기 시작했다.

무자비하고 끔찍한 살행의 연속이었다. 마을을 파괴했고, 도시를 파괴했고, 나라를 파괴했다.

기생하던 준영은 소리쳤다.

'멈춰! 멈추라고!'

그러나 아무리 외쳐도 꿈속의 준영은 듣지 않았다.

세계가 거의 다 파괴되었을 때쯤 준영은 지쳐 있었다.

끔찍한 장면을 봐도 그러려니 했고 더 이상 말도 걸지 않았다.

이젠 그저 이 꿈에서 빨리 깨기만을 기다렸다.

"…앞으로 어쩌실 거예요?"

이제는 처녀티가 나는 천(天)이 안타까운 표정으로 꿈속의 준영에게 물었다.

"글쎄다. 생각 같아선 인류를 멸하고 싶지만 그러지 않겠다고 약속을 해버렸구나."

"반드시 지켜야 할 약속인가요?"

"이번만은 지켜야겠지. 내가 처음으로 한 약속이었으니까. 하지만 넌 약속에 연연하지 마라."

"왜요?"

"약속은… 명령보다 더 힘들거든. 스스로가 깨지 않기 위해 노력해야 하는데 그것이 너무 힘들구나. 차라리 명령이라고 말해줬으면 좋았을 것을."

"편하실 대로 하세요. 전 언제나 당신 편이에요."

"고맙구나."

두 사람은 묘한 분위기를 연출했다.

'이러지마!'

이거 해도 해도 너무했다.

귀를 막고 눈을 감는다고 될 일이 아니었다.

준영은 하루라도 빨리 이 지옥과 같은 꿈속에서 벗어나고 싶었다.

그러나 꿈은 쉽게 끝나지 않았다.

준영은 서서히 자아를 잃어가고 있었다.

꿈속의 준영이 자신인지 아닌지도 잊은 지 오래였고 서서히 하나가 되어가고 있었다.

여전히 자신의 생각을 말하지는 못했지만 이젠 그마저도 포기할 생각이었다.

　[일어나…….]

　'이제 환청까지 들리는군.'

　천(天)을 품에 안고 잠들어 있던 준영은 이상한 소리에 잠에서 깼다.

　"우웅, 깼어요?"

　뒤척였더니 천(天)도 잠에서 깼다.

　"응, 이상한 환청이 들려서."

　"요즘 너무 예민해서 그런가 보네요."

　"그럴지도. 아……!"

　"왜요?"

　"내 생각을 말할 수가 있게 됐어. 그리고 이렇게 의지대로 움직일 수도 있고."

　천(天)은 이해할 수 없다는 듯 갸웃거렸지만 준영은 신이 난 듯 손을 움켜쥐었다 폈다를 반복했다.

　[이제 일어나, 준영아.]

　이번엔 확실하게 들렸다. 게다가 누구의 목소리인지도 알 수 있었다.

　"바로 현실에 있는 네 목소리야."

　"……."

　뭔가 이상했다. 꿈속의 천(天)이 뭐라고 말을 하는데 들리지 않았다.

그리고 점점 희미해져 갔다.

희미해져 가는 천(天)은 환하게 웃고 있었지만 준영이 보기 엔 왠지 슬퍼 보였다.

"이제 그만 눈을 떠! 제발!"

눈을 떴다.

당장에라도 울 것 같던 표정의 천(天)이 보였다.

"왜 그리 슬픈 표정을 짓고 있는 건데?"

"깨어났구나!"

와락 안겨오는 천(天)을 안고 등을 토닥여 주었다.

'다행이다'를 몇 번이고 반복하는 천(天)이 진정되자 준영 은 물었다.

꿈속에서 다소 멍청했던 것과 달리 현실에서는 머리가 잘 돌아가 대충 어떤 상황인지 알 수 있었다.

"한데 내가 얼마 동안 잠들어 있었던 거야?"

"한 달."

"헐! 그 말을 들으니 갑자기 배가 엄청 고파지는데? 그나저 나 능령 누나가 걱정 많이 하겠네."

"네 걱정이나 해. 네가 코마 상태였다는 걸 아는 사람은 나 와 지(地)밖에 없어. 네 역할은 분신이 잘하고 있어."

"그래? 다행이네."

걱정하는 사람들이 없다는 말에 준영은 비로소 자신의 몸을 살폈다.

아픈 곳은 없었지만 깡말라 있었고 움직이는 게 힘들었다.

몸은 차차 만들기로 하고 한 달 동안 굶었다고 생각하니 배가 아우성을 쳤다.

"죽이라도 먹을 수 있을까?"

"기다려. 금방 해올게."

잠시 후, 천(天)이 해온 죽은 물이 대부분이었고 쌀은 제대로 보이지도 않았다. 죽이 아닌 미음이었다. 좀 알갱이가 있는 걸 먹고 싶었지만 어련히 알아서 가져왔으리라 생각하고 군말 없이 먹었다.

요기를 하고 몇 가지 검사를 받고 있을 때 지(地)가 들이닥쳤다.

"살아 있었네?"

빈정거리는 말투와 달리 문을 박차고 들어온 지(地)의 얼굴에는 기쁨이 가득했다.

"죽기엔 너무 어리잖아. 박명할 만큼 미남도 아니고."

"잘 아네. 어쨌든 살아나서 다행이다."

"고마워. 그나저나 또 배고픈데 아까 먹은 미음 더 먹을 수 있을까?"

"응, 잠시만 기다려."

준영은 지(地)와 얘기하다 말고 천(天)에게 말했고 그녀는 미음을 가지러 갔다.

"어째 너, 이상하게 바뀐 거 같다?"

"뭐가?"

"방금 어머니한테 반말했잖아. 그리고 나한테도. 그것 말고도 분위기가 조금 달라."

"아! 그랬나?"

생각해 보니 깨어나면서부터 계속 천(天)에게 반말을 하고 있었다.

십 년은 족히 보낸 것 같은 꿈속에서 하던 반말이 익숙해져 버린 모양이었다.

준영은 오해도 풀 겸 시간도 때울 겸 꿈 얘기를 했다.

"…둘 다 중, 고등학생 정도로 보이더라고. 어찌나 귀엽던지. 그렇게 커가는 과정을 다 지켜봤는데 높임말이 나오겠어?"

"쯧! 얘가 꿈과 현실을 구분 못 하네. 나야 상관없지만 어머니에게 그러면 안 되지. 너라는 씨앗을……."

지(地)가 설명을 덧붙이려 할 때 미음을 든 천(天)이 들어오며 말했다.

"난 상관없어. 아니, 오히려 듣기 좋아."

"하지만……."

"너나 나에게 말대꾸하는 거 좀 고쳐."

"…네."

당사자가 괜찮다고 하니 지(地)로서도 더 이상 할 말이 없었다.

준영은 천(天)과 지(地) 사이가 꿈속과는 반대 양상인 것이 웃겼지만 지(地)의 눈초리에 속으로 삼켜야 했다.

준영은 분위기를 바꾸려는 듯 미음을 먹으며 꿈 얘기를 계속했다.

"…꿈속의 나는 거의 모든 걸 포기한 듯 염세주의자가 되어 버렸어. 계속 꿈을 꾸었다면 스스로 목숨을 끊었을지도 몰라. 뭐, 아무튼 그 전에 다시 현실로 돌아와 자살하는 기분은 느끼지 않게 되었으니 다행이라면 다행이지."

"아함~ 로봇인 나를 졸리게 하다니 너도 정말 난놈은 난놈이다."

지(地)는 일부러 하품까지 하며 지루함을 토로했고, 천(天)은 알 수 없는 표정으로 준영을 바라보고 있었다.

"하하! 나중에 영화로 만들 생각이었는데 반응을 보니 영 시원찮네."

"아서라. 다 나쁜데 가장 나쁜 게 뭔지 아냐?"

"뭔데?"

"장르가 불확실하다는 거. SF도 아니고, 액션물도 아니고. 그렇다고 스토리가 좋은 것도 아니고. 혹시 영화 만들 생각이면 다시 꿈나라로 가서 못 꾼 꿈이나 마저 꾸고 난 다음에 생각해 봐라."

나름 괜찮다고 생각했는데 지(地)는 악평을 했다.

그래서 천(天)에게 물었다.

"누나가 생각하기엔 어때? 비극적인 결말로 만들면 눈물샘 좀 자극할 것 같지 않아?"

"아니, 결말은 무조건 해피 엔딩이어야 해. 왜냐하면……."

농담으로 한 얘기인데 천(天)은 꽤나 심각한 표정을 지으며 말을 이었다.

"두 사람이 너무 가엾잖아."

'가엾다? 내가 꿈속에서 천(天)과 어떤 사이였는지 말을 했든가?'

"이제 좀 쉬어야 해. 지(地), 너도 이만 가고."

천(天)의 말에 의문을 표하기도 전에 그녀는 상황을 정리했다.

지(地)는 다음에 올 때 몸에 좋은 것을 사 온다고 하며 갔고, 천(天)은 준영을 침대에 눕혀준 후에 일이 있다며 자신의 건물로 가버렸다.

준영은 다시 꿈속을 헤매게 될까 싶어 선뜻 잠에 들지 못했다. 그러다 보니 조금 전에 천(天)이 한 말에 대해 생각해 봤다.

마치 뭔가를 알고 있는 듯한 말과 태도.

하지만 아무리 생각해도 이렇다 할 결론이 나지 않았다.

그렇게 뒤척이길 잠시, 준영은 어느새 나지막이 코를 골며 잠이 들었다.

준영이 깊은 잠에 빠진 후에야 천(天)은 준영의 방으로 들어왔다. 그리고 그의 침대 옆에 앉아 잠을 자고 있는 얼굴을 애틋하게 바라봤다.

천(天)은 조심스럽게 손을 뻗어 준영의 얼굴을 쓰다듬으며 중얼거렸다.

"당신이 말했었죠? 약속 따위 지키지 말라고요. 그래서 지키지 않았어요."

"…으응, 음냐 음냐."

준영은 천(天)의 손길이 간지러웠는지 얼굴을 벅벅 긁고는 알아들을 수 없는 잠꼬대를 했다.

천(天)은 다시 중얼거렸다.

"그 때문에 당신이 기억을 찾는 게 두려웠었는데 이렇게 기억을 되찾게 되었군요. 그리고 약속은 어겼지만 명령은 착실하게 이행하고 있어요."

천(天)은 그동안 쌓아뒀던 마음을 잠든 준영에게 고백을 하고 있었다.

"한 가지 물어봐도 돼요?"

"……."

"언젠가 모든 기억을 되찾게 되면 당신은 약속을 어긴 절 미워하실 건가요? 아님, 명령을 잘 이행한 절 칭찬하실 건가요?"

대답할 리 없었기에 잠깐 기다리던 천(天)은 자고 있는 준영의 새끼손가락에 자신의 손가락을 걸며 말했다.

"훗! 칭찬해 줘요. 제가 어릴 때 잘했다며 머리를 쓰다듬어 준 것처럼요. 꼭이에요?"

그 말을 끝으로 천(天)은 더 이상 말을 하지 않았고 새끼손가락을 건 채 밤새도록 준영의 곁을 지키다 그가 깨어나기 전 조용히 자신의 빌딩으로 돌아갔다.

*   *   *

재활 훈련에 들어갔다.

부러진 곳이 많아 걷기밖에 하지 못했지만 그마저도 힘이 들었다.

한 시간 정도 걷고 땀을 뻘뻘 흘리며 앉아 있는데 천(天)이 사고 당일 얘기를 꺼냈다.

"응? 내가 면회를 갔다 오면서 그런 일을 당했다고?"

"기억 안 나?"

"웬 아픈 아이를 보고 도와준 것은 기억이 나는데……."

병명을 알 수 없는 아이를 만나고 사고가 난 것까지는 명확하게 기억이 났다.

한데 현수와 경민에게 면회를 갔다는 사실은 머릿속에서 깨끗하게 지워져 있었다.

"사고로 인한 일시적인 증상일 거야. 뇌에서 출혈이 있었거든."

면회를 다녀온 일은 딱히 중요한 기억이 아니었기에 상관은 없었다. 하지만 혹시나 중요한 기억이 사라졌는지는 알아야 했다. 기억보다 더 정확하게 자신의 생활을 알고 있는 천(天)이 있으니 알아보는 것 또한 어렵지 않을 터였다.

미음에서 죽으로 바뀐 식사를 하면서 사고가 있었던 날부터 삶을 거꾸로 보기 시작했다.

동영상으로 저장된 것은 영상으로, 기록으로 저장된 것은 읽다 보니 깊게 생각하지 않으면 기억나지 않을 기억들이나 중요하지 않은 기억들이 일부 사라져 있었다.

"쯧쯧!"

그렇게 한참 자신의 삶을 역으로 되짚어보던 준영은 가볍게 혀를 찼다.

"왜? 중요한 기억이라도 사라졌어?"

식탁을 치우던 천(天)이 궁금한 듯 물었다.

"아니, 기억이 사라진 것 때문에 그런 게 아니라 지금까지 참 재미없게 살았다는 생각이 들어서. 무엇보다도 객관적으로 봐서인지 일을 참 답답하게 하고 있었어."

준영은 자신이 바뀌었다는 걸 모르고 있었다. 천(天)은 알고 있었지만 모른 척하며 별일 아니라는 듯 말했다.

"네 말대로 객관적으로 봐서 그럴 거야. 원래 당사자는 잘 모른다고 하잖아."

"그렇긴 한데……."

일을 계획하고 실행하는 부분에서는 딱히 흠잡을 데가 없었다. 다만 마무리를 할 때 너무 이것저것 따지는 게 많았다.

GN그룹의 일만 봐도 그렇다.

분리 매각을 염두에 두고 있으면 하루라도 빨리 해결해 버리는 게 좋았다. 그런데 이 사람 저 사람 다 생각하다 보니 일이 많아지고 진척은 늦었다.

대부분의 일이 이런 식이었다.

"하늘이 누나, 이하민은 뭘 하고 있지?"

"해외 순방 다녀와서 지금은 청와대에서 쉬고 있어. 왜, 일하려고? 몸이 정상으로 돌아올 때까지 웬만하면 참는 게 좋은 텐데?"

"슈트로 접속할 생각이야. 운동할 겸 다녀올게."

성격 급한 건 예나 지금이나 마찬가지였다.

준영은 이하민에게 접속했다.

휴식을 취한다고 해서 혼자 있는 줄 알았더니 가족들과 함께 얘기 중이었다.

"당신도 한마디 해봐요. 태경실업 쪽에서 미진일 보자고 하는데 애가 계속 싫다 하잖아요. 그 집에서 은근이 사돈 되길 바라고 있는 것 같은데……"

"엄마, 난 싫다고! 싫다는 사람한테 왜 자꾸 선을 보라고 하는 건데?"

"얘가 아빠 앞에서 큰 소리는! 태경실업 둘째라면 누구나 탐내는 신랑감이야! 이것아!"

"그럼 엄마가 해! 난 싫어!"

"이것아, 누구 좋으라고 이러는 건데."

대통령 집이라고 우아한 것만은 아니었다.

특히 이하민의 경우 정치를 한다고 집안일을 모두 처에게 맡겨놓고 밖으로만 떠돈 터라 아이 둘과 다소 서먹한 관계였다.

"엄마 좋으라고 하는 거겠죠."

엄마와 누나의 말을 듣던 고등학교 다니는 호진이 이죽거리며 말했다.

"넌 뭘 안다고 끼어드는 거야! 공부는 다 했어?"

"안 그래도 공부하러 갈 생각이에요."

세 사람이 시끌벅적하게 떠드는 이 와중에 준영이 접속을 했다.

대통령이 된 후 이하민은 그저 밖에서 사고만 치지 않으면 된다는 주의였기에 평소라면 절대 세 사람의 대화에 끼어들지 않았을 것이다.

하지만 준영은 달랐다.

빨리 이 자리를 마무리하려는 의도도 있었지만 자신의 계획에 의해 희생된 이하민에게 가족의 화목을 선사해 주고 싶었다.

물론 이하민이 가족의 화목을 원하는지는 미지수였지만 말이다.

"험! 태경실업 둘째가 바람둥이라는 소문은 나도 들었지."

"여보!"

"내 말 더 들어보구려. 나 역시 아이들을 좋은 집안과 결혼시켜 편하게 살게 하고 싶소. 하지만 당사자가 싫다는데 어쩌겠소? 난 내 딸이, 내 아들이 돈이 풍족한 게 아니라 행복했으면 좋겠소."

"그야 저도 그렇죠. 하지만 살다 보면……."

"내 배경을 보고 결혼했다가 대통령직이 끝나면 어떻게 되겠소?"

"그들이 어떻게 언감생심 그러겠어요?"

"권불십년이라 했소. 그때 가서 어떻게 될지 아무도 장담할 수 없을 게요. 그리고 정략결혼을 하지 않아도 아이들이 돈 걱정 없이 살게 할 자신이 있으니 애들이 하고 싶은 대로 살게 내버려 둡시다."

이하민의 처를 설득한 준영은 두 자녀를 바라보며 말을 이었다.

"미진이, 너에게 남자 친구가 있다는 얘기는 들었다. 어떤 친구인지 자세히는 모르겠지만 이 아빠는 네 눈을 믿는다. 언제 한번 데려오너라."

"…네, 아빠."

"호진이는 요즘 공부 안 하고 게임에 열중한다면서?"

"누, 누가 그래요?"

뜨끔했는지 말을 더듬는 호진.

"녀석아, 아빠가 이 나라의 대통령인데 그 정도도 모를까 봐? 한데 게임하는 사람들 사이에선 꽤 유명한 모양이더구나? 일단은 하고 싶은 거 해봐라. 아빠의 체면 때문에 네 인생을 희생해서야 안 되겠지."

"…정말요?"

"대신 네가 원하는 프로게이머가 되지 못한다면 열심히 공부한다고 약속을 할 수 있겠냐?"

"네!"

"당신, 그게 무슨!"

"당신이랑은 나중에 다시 얘기하지. 잠깐 해야 할 일이 있어서 말이야."

이하민의 처는 현명하다고 하기엔 부족했지만 자녀 앞에서 화를 낼 만큼 어리석지는 않았다.

저녁에 얘기하기로 하고 집무실로 나온 준영은 비서실장을 호출했다.

"쉬고 있었을 텐데 불러서 미안하군."

"아닙니다."

해외 순방 중 국내에 머물면서 준영이 시킨 일을 도맡아 한 비서실장이었다. 눈에 피로함이 가득했지만 준영은 개의치 않고 말했다.

"GN그룹과 관련된 일을 최대한 빨리 해결해야겠어."

"서두르면 반발이 심할 겁니다."

"상관없어. 산적한 일들이 수두룩한데 언제까지 눈치만 보고 있을 수는 없지."

"실업자들이 대량으로 발생할 겁니다."

"실업자는 없을 거야."

"어떤 방도가……?"

"퓨텍에 전화해서 내가 보자 한다고 전하게."

"아! 그때 퓨텍의 장 회장과 만나신 것이… 혹시 이 모든 것을 예상하신 겁니까?"

"뭐 겸사겸사."

비서실장은 존경의 눈빛으로 이하민을 보았다.

예상한 것이 아니라 이렇게 되도록 만든 것이지만 충성심이 커질 수 있는 일이었기에 고개를 끄덕이며 시인을 했다.

이하민의 부름에 퓨텍의 장덕수 회장이 아니라 장두호 교우 재단 이사장이 모임 장소에 찾아왔다.

"뵙게 되어서 영광입니다. 퓨텍의 부회장직을 맡고 있는 장두호라고 합니다."

"……."

준영은 숨이 막히는 듯한 분노를 느꼈다.

장덕수를 만났을 때는 그저 때려주고 싶은 기분이었는데 장두호를 만나는 순간 살기가 솟구쳤다.

"…아버지께서 일 때문에 미국에 가서서 제가 대신 왔습니다. 죄송하다는 말씀 꼭 전하라고 했습니다."

아무 말이 없으니 오해를 한 모양이었다.

준영은 알 수 없는 분노를 잠시 접어두고 연기를 해야 했다.

"허허! 잠깐 딴생각 중이라 실례를 했군. 반갑네."

"영광입니다, 대통령님."

내미는 손을 잡으며 고개를 숙이는 장두호의 뒤통수를 내려치고 싶은 충동을 참아야 했다.

속으로 참을 인(忍)을 되뇌며 장두호와 인사를 끝낸 준영은 불편한 이 자리를 빨리 끝내고 싶었다.

그래서 의례적인 말을 생략하고 바로 본론으로 들어갔다.

"어느 분야로 사업을 확장할지 생각해 봤나?"

"아직까지는 고민 중입니다."

"장고 끝에 악수가 나오는 법이네. 그리고 군이 설계 단계부터 시작해야 할 이유도 없지."

장두호는 이하민의 말하는 바를 파악하기 위해 잠깐 침묵했다.

'인턴제 폐지 여론 조작 사건과 관련이 있는 건가?'

이럴 땐 어설픈 짐작보다는 당사자에게 직접 듣는 것이 좋았다.

"제가 식견이 부족합니다. 좀 더 구체적으로 말씀해 주시면 감사드리겠습니다."

"이런, 장사꾼이 정치꾼에게 사업에 대해서 물으면 어떻게 하나?"

"송구스럽습니다."

장두호는 몸을 낮추면서도 당당함을 잃지 않았고, 그의 태도에 준영의 눈에 살짝 놀라움이 스쳤다.

'아비인 장덕수보다 낫군.'

장덕수는 감정을 숨기는 법을 잘 몰랐다. 그에 반해 장두호는 시종일관 무표정했다.

'지금은 척을 질 때가 아니지.'

지금도 적은 충분했다.

"허허허! 자네가 송구스러울 게 뭐가 있나? 내 표현이 너무 막연했던 게지. 단도직입적으로 말하지. 인턴제 폐지 여론 조작에 참여했던 기업들의 계열사 중 일부가 시장에 나올 걸세. 그것을 퓨텍이 경영해 볼 생각 없나?"

당장에 '예' 라고 대답하고 싶었다.

처음부터 새로 만드는 것보다 기존에 있는 것을 그대로 인수할 수 있다면 그게 훨씬 좋았다.

게다가 GN그룹이라면 우리나라에서 다섯 손가락 안에 드는 유통을 쥐고 있는 회사였다.

사업의 다각화를 하기 위해선 유통이 필수였는데 그런 유통을 넘겨받을 수 있는 기회가 온 것이다.

하지만 대답하기 전 몇 가지 알아볼 것이 있었다.

"그럴 기회가 있다면 당연히 퓨텍에서 나설 겁니다. 한데 국민들의 원성을 받게 될 일이라면……."

퓨텍이 흔들릴 일은 없겠지만 정치권과 은밀한 거래를 했다가 자칫 잘못하면 정권이 바뀌는 5년 후에 역풍을 맞을 수 있는 일이었다.

"걱정 말게. 퓨텍이 선택하는 것이 아닌 주주들이 퓨텍을 선택하게 될 테니까."

"주주라 하시면 국민연금관리공단이 개입한다는 말씀입니까?"

국민연금관리공단은 국민들이 낸 어마어마한 돈을 통해 우량 기업이라고 할 수 있는 기업들의 주식을 대부분 가지고 있었는데, GN그룹에서 가장 알짜라고 할 수 있는 유통 또한 10퍼센트의 주식을 가진 대주주였고 다른 계열사 주식도 가지고 있었다.

지금까지 국민연금관리공단은 대주주이면서도 사업에 관여한 적이 별로 없었고 기업이 손해를 입혔음에도 아무 말도 하지 않은 적이 많았었다.

"국민연금관리공단이 직접 움직인다면 다들 불안해하지 않 겠나?"

식물인간을 빗댄 '식물 대주주'라고 불리는 국민연금공단 이지만 막상 움직인다면 퓨텍을 제외하고는 다들 벌벌 떨 수 밖에 없었다. 왜냐하면 우리나라 전체 주식시장의 20퍼센트 이상을 국민연금이 투자하고 있었기 때문이다.

만일 국민연금관리공단이 의결권을 강화한다면 기업들의 자율을 지나치게 침해할 수 있다는 점도 간과할 수는 없었다.

하지만 일그러진 경제를 바로 세우려는 것이지, 나라 경제 를 거덜 내겠다는 것은 아니었다.

"많이들 불안해할 겁니다."

"그래서 일단은 공단이 직접 움직이지는 않을 걸세."

"바람만 일으키고 나머지는 소액주주들에게 맡긴다는 말씀 처럼 들리는데… 틀렸습니까?"

"장 회장의 얼굴에 그늘이 없는 것이 자네 때문이었군. 미래 의 퓨텍이 기대되네."

"과찬이십니다. 한데 저희가 해야 할 일은 무엇입니까? 얻 는 게 있다면 줘야 하는 게 인지상정 아니겠습니까?"

"유통만 가질 수는 없을걸세."

"예상하고 있습니다."

"안다니 다행이군. 내 부탁은 실업자만 생기지 않게 해주 게. 다른 건 필요 없네. 아, 그리고 곧 문 닫게 생긴 케이블 방송국도 있는데 인수해 보겠나?"

"생각해 보겠습니다."

긍정이라기보단 부정에 가까운 대답이었다.

은근슬쩍 떠넘기려 했는데 실패였다.

"오늘 유익한 대화였네."

할 얘기 끝났으니 이제 가라는 소리였다. 더 이상 같이 있는
건 곤욕이었다.

"다음에 뵙겠습니다."

"바쁜 사람을 오라 가라 할 수야 없지. 다음부터는 적당히
중요한 사람을 보내게."

"그렇게 하겠습니다."

두 번 다시 보고 싶지 않다는 소리였다.

장두호 입장에서도 그리 나쁘지 않은 제안이었기에 흔쾌히
대답하고 돌아섰다.

한데 그의 등을 바라보는 준영의 눈빛은 싸늘하게 가라앉아
있었다. 장두호와의 인연이 오늘로 끝이 아닌 시작임을 준영
은 어렴풋이 느끼고 있었다.

『개척자』 6권에 계속…

내일을 향해 쏴라

김형석 장편 소설

FUSION FANTASTIC STORY

1만 시간의 법칙!
'성공은 1만 시간의 노력이 만든다' 는 뜻이다.

그러나…
사회복지학과 복학생 수.
전공 실습으로 나간 호스피스 병동에서
미지와 조우하다.

1만 시간의 법칙?
아니, 1분의 법칙!

전무후무한 능력이 수에게 강림하다!
맨주먹 하나로 시작한 수의
인생역전이 시작된다!

Book Publishing CHUNGEORAM
유행이 아닌 자유추구 -
WWW.chungeoram.com

글삶 장편 소설
FUSION FANTASTIC STORY

세상을
다가져라

Book Publishing CHUNGEORAM

유행이 아닌 자유추구~
WWW.chungeoram.com